金井美恵子

新・目白雑録

もっと、小さいこと

平凡社

目次

新・目白雑録　もっと、小さいこと

［装丁・装画・ブックデザイン］金井久美子

2013年10月〜2014年９月

小さいポリス、DJ、こまわり君、

二〇一三年十月

キム・ソン監督の人形アニメーションと実写やニュース・フィルムのコラージュによる映画『ポドリ君の家族残酷史 X《エックス》——韓国の夜と霧——』('10年)は、第61回ベルリン国際映画祭のフォーラム部門正式出品作であり、韓国では異例の上映禁止処分になった映画だが、日本ではシアター・イメージフォーラムで六月末にレイトショーで公開された、「キネマ旬報」の五段階評価の「鑑賞ガイド」欄では若い映画批評家(マンガ家だったかも)に大変な不評だった。技術は素人っぽくて画面は汚く馬鹿みたいだし何が言いたいのかわからない、というのが彼の見方だったが、三人が同じ映画に星数の点数と短いコメント(こうした短いコメントや書評を、私はマッチ箱コメント、もしくはマッチ箱書評と言ってきたのだが、そもそもマッチ箱など、日常生活のどこにも存在しないのだから、そのアナクロニズムを訂正して、ツイッター規模のコメントあるいは書評と言うべきだろう）を書くこの欄で『ポドリ君の家族残酷史X《エックス》——韓国の夜と霧——』（以下では『ポドリ君』と表示）を、まったく評価しないのは、三人中一人なのだけれど、私がふと思い出したのは、一九七〇年代の末、民主化要求デモが弾圧された光州事件以前というかパク大統領暗殺よりも以前に、韓国の大学で学生を教えた経験のある教師から聞いたのだが学生たちに山上たつひこの『がきデカ』を見せたところ、まったく受け入れられなかったという話しである。

それから三十年以上が過ぎ、『ポドリ君』のプレス・シートにはイ・ミョンバク大統領時代に作られた韓国警察のマスコットキャラクターについて「『がきデカ』のこまわり君のごとく、秩序と日常を破壊しまくるポドリ君」と書かれているものの、三十代前半以下の人間（というか、若者たち、「キネ旬」星取り評欄のマンガ家がそうなのかもしれないが）はあの欲望の全解放に結局はいつも失敗するやぶれかぶれの小学生「こまわり君」を知らないのだということに気がついたのだった。

そうでなければ、「DJポリス」などというものが、ああも安易に出現するはずがないではないか。サッカーの日本代表チームが、'14年のワールドカップ・ブラジル大会出場を決めたゲームのあった6月4日、と新聞記事を見ながら書きうつしていて、なにしろワールドカップに興味が持てないものだから、日本代表がどことゲームをして、どういう展開だったのか何も覚えていないのだが、もちろん試合の内容はどうでもいいことで、年末のカウント・ダウンや、ワールドカップ出場決定といった類いのイベントのあった時に予想される、渋谷駅前のスクランブル交差点の人出の騒ぎを警視庁がどう取りしまるかに関して、「ＤＪポリス」が登場したというのだ。

全国紙では、この「ＤＪポリス」の警備活動に対する貢献が「警視総監賞授与」となったことがニュースや「天声人語」で伝えられたのだったが、４日夜のテレビニュースで、いかつい構造の指揮車の上からマイクを持った若い警官が「怖い顔したお巡りさん。心の中ではW杯出場を喜んでいるのです」「みなさんも私たちも日本代表の12番目の選手。ルールとマナーを守って駅の方向へ向ってください」といったようなことを喋っていて、それに対して大喜びで肯定的な若者たちが、手拍子をとりながら「お巡りさん！　お巡りさん！」と声をあわせて「お巡りさんコール」をしているのを見て、あきれかえった人も多かったはずだ。

６月６日の「日刊スポーツ」その他によれば、この様子が動画サイトの「ニコニコ動画」などで生中継されて「ＤＪポリス」という呼び名が成立したのだそうで、もちろん、「ＤＪポリス」という呼び名も「若い人たち」が付けたのだろう。

「天声人語」は「騒然とする若者らへの呼びかけ」の巧みさは「集う人々を警備の対象としてだけ見るのではない。喜びと高揚をともに感じている同じ人間として、協力を求める」対応だと、最大級に評価し、「劇的なＰＫを決めた本田圭佑《けいすけ》選手が５日の記者会見」で「どうやって自立した選手になって『個』を高められるか」と答えたことを引用し、「たぶんＤＪもそんな気概の持ち主だろう」と推測（目立ちたがり屋ということか？）し「若い人たちにいいものを見せてもらった」としめくくるのだし、6月10日の毎日新聞は「DJポリス」が警視総監賞を授与されることを伝えながら、歓喜するサッカーファンで単に「一時騒然とした」のにすぎないだろうスクランブル交差点の「混乱を未然に防いだ」と伝えるのだが、「日刊スポーツ」はこの日警視庁は渋谷のスクランブル交差点やセンター街への「立ち入りを制限。数百人の機動隊員が渋谷に出動する厳戒態勢が敷かれ」たことを伝えている。「横断歩道から交差点内にはみ出しそうになるサポーターは、鎖状に手をつないだ数十人の機動隊が押し戻した」（傍点は引用者による）と、「は」という助詞を使うからには機動隊に、「押し戻された」と群衆側の受け身で書くべきところを「日刊スポーツ」の記者はあくまで機動隊の側から、「機動隊（の仲間）が押し戻した」という規制する立場からのニュアンスで記事を書くのである。

　口うるさいババアのようだが、この「は」を「を」にすれば、いわゆる「中立的」な文章になるのだが（なにしろ「日刊スポーツ」は「一夜でスター!!　DJおまわりさん」と童謡調の見出しで警察への無邪気な親しみを打ち出しているのだ）記事は「サポーターから、「なんで規制するんだよ」との怒号も飛んだが、機動隊の車両の上から警備を指揮する警察官も必死のアナウンスを続けた」（傍点は引用者）と、別になんということもない、ちょっとした騒ぎにすぎない顚末が語られ、その下には横組四段で「ライバル・トルコはデモ激化　五輪招致への治安強化」の見出しで囲みの記事が載っている。元内閣安全保障室長で裏事情に通じたおなじみ佐々淳行が、オーストラリアと日本、両国のサポーター同士が

「武力でぶつかるような暴動」など考えにくい（たしかに、どちらの国にもフットボールにつきもののフーリガンの伝統はないわけだし）ところで、なぜここまで過剰な警備体制をとったかと言えば、二〇二〇年の東京への五輪招致があるからだと語る。「ライバルのトルコでは、反政府デモが激化し、イスタンブールでも暴動のような状況」があり、治安の良さが売りの一つでもある東京で「スポーツ行事を発端とした争乱や事故が起きれば、五輪招致活動に影響しかねないから」で「警備強化について、官邸からも何らかの指示が出ていた可能性がある」と、当然のことをエンタメ系小説のエピソード風の裏ばなし的に語り、この記事の去勢されていない幼稚な男らしさを共有するかのように、すぐ下には「院長執刀。診療・カウンセリングは無料。お気軽にご予約下さい」の日帰り手術の「包茎治療 73、500円〜」の広告が載っている。

私が中高校生だった頃にはこのての広告は、月刊のいわゆるミ、ー、ハ、ー、雑誌と呼ばれた「明星」「平凡」に載っていたのだが、だからといってもちろん、「世界」や「中央公論」「朝日ジャーナル」や「美術手帖」を読む若い男の読者に包茎がいなかったというわけではないのだろうと思う。

トルコは反政府デモがあり、それはオリンピック反対とも結びついて行われたのだし、マドリッドでも小規模ながらオリンピックに反対するデモはあったし、ブラジルでさえ反ワールドカップを訴えるデモがあったのだ。東京でもマスメディアでは報道は一切されていないが、反原発と結びついて首相官邸や都庁の前で反五輪デモがあってあたりまえのはずである。

ところで「ＤＪ」というのは、ディスク・ジョッキーのことだから、ペラペラと余分な（たいていの場合、おセンチでお節介だったり煽情的だったり）お喋りをしたり、リスナーからのリクエストや、そう程度が高いとは言えない意見を開陳したリスナーの「おたより」を読みあげたりする一方、レコードをかけるのだが、もちろん「ＤＪ」と呼ばれた「ポリス」は機動隊の灰色の指揮車の上でレコードをかけたりはしなかった。新大久保にヘイトスピーチに出かける右翼の街宣車は、それでもミュージックが好きらしく軍歌や国歌を大音量で流している。口あたりの良く喋るお巡りさんのようではないから、誰もＤＪと間違ったりはしない。

しかし、私たちは二十世紀末の一九九四年の凄惨なルワンダ虐殺を引きおこすことになった、武器を持って襲撃して来る奴等を我々も武器を手にして殲滅しようとラジオで呼びかけたＤＪを忘れたわけではないし、死んだＤＪが、木の枝にひっかかったまま、あの大津波の大惨事後の文芸雑誌上で想像上のラジオを通して厳選した音楽を流し、おおいに喋りもしてある種の読者の涙を誘ったことも覚えている。死んだＤＪは「この放送がまるで聴こえないとすれば、それは既存の現象のことしか考えにないからで、頭が固い！　あるいはあまりに大きなショックがその人の心から想像力を締め出してしまっているんじゃないかと思うんです。」（いとうせいこう『想像ラジオ』）と、押しつけがましい厚かましさで「想像力豊かなリスナー諸君に向って」語りかけたりして、新聞の書評欄では「「想像すれば聞こえるはずだ」というストレートなメッセージに感動」されたりもするだろう。私は「頭が固い！」し想像力も貧しいタイプなので、もちろんこのＤＪの声など聞こえない。

　ＤＪとは、たしかにリスナーへの一種の交通整理に似ていなくもあるまい。ルワンダのＤＪをはじめ、生と死をスクランブルさせて、やがてそれを別々の方向に分けるのである。しかし、『イージー・ライダー』（’70年）ではＤＪはピーター・フォンダとデニス・ホッパーに逃げるための情報を伝えたのではなかったか。リクエストの音楽を流すことより、さわやかな容姿とおしゃべりの方が人気のあったレモンちゃん＝落合恵子も、『太陽を盗んだ男』（’79年）に登場したＤＪ・ゼロ（腰から下が鈍重そうな体型の池上季実子が野暮ったく精一杯に演じて主人公の沢田研二とともに恥しい印象のものだったが）も、クリント・イーストウッドの『恐怖のメロディ』（’71年）も、とりあえずＤＪは人混みの交通整理をしたりはしない。もちろん、前世紀の事例を持ち出してもしかたがないのだが「ＤＪ」という言葉についての用法にもまして驚いたのが、警官当人の口からも、スクランブル交差点のあたりに集っていた無邪気な若者たちからも、童謡のように（犬のおまわりさんや迷子の子猫ちゃんのように困っているわけではないが）繰りかえされた、「お巡りさん」という言葉だ。

　警官の口から自分を含めた警官たちを指す言葉として「お巡りさん」と言われて（あるいは、教師や医者に一人称のように「センセイ」という言葉を使われる場合もだが）、子供扱いされてる＝馬鹿にされてると思わないのは、小学生までではないだろうか。

　渋谷のスクランブル交差点で、’14年ブラジル・ワールドカップ出場を決めた日本代表チームをみんなと一体感を持って祝福する（からには高揚感が必要だし群衆化せねばなるまい）ためにハイタッチしたり抱きあったりするのは「若者」で、小学生ではないだろうに、などと憤然とするのは、しかし、高齢者だけなのだろう。

思い出してみれば、多分、二十一世紀に入ってからなのかもしれない、マンガにはじまりエンタメ系に定着したらしい「編集さん」「作家さん」という、子供っぽく親しみをこめているのかもしれない言い方に、相手を蔑《なみ》するニュアンスを感じてしまうのも高齢者特有の感性なのだろう。

さて、ほぼ時を同じにして日韓両国の警官のイメージの違いを見ることになったのだが、『ポドリ君』の主人公であり、韓国の警官の制服制帽を身につけたハリボテ風人形のポドリ君のデザインは、キム・ソン監督のインタビューによれば、有名な保守派漫画家によるものであり、厳しくデモを鎮圧する韓国警察そのものが、当時のアメリカ寄り経済優先政策の独裁的保守派イ・ミョンバク大統領の息子のように思われたと言うのだが、韓国では警官を侮蔑する言葉として権力者に尾を振るものとしてのステレオタイプの「犬」が使われていないと見えて、お巡りさん人形ポドリ君の黒く濡れたように光るお多福豆の煮豆のような鼻は、どう見ても犬の鼻そのもので日本の警察モデルのマスコットキャラクター（いつ頃からなのか、知らない間のいつの間にか、交番にそのリスとポリスのオヤジギャグで出来ているらしいデザインのピーポ君の絵が描かれていたのだった）とそのあたりが似て非なるところなのだが、プレス・リリースの書き手が連想し、私たちとしてもポドリ君のみえみえのお巡りスタイルや、ネズミ女や笛吹き女の写真に、もちろん連想する『がきデカ』のこまわり君との違いは、ポドリ君の政治意識だろう。

今やアイドル警察官の地位から忘れられかけて打ち捨てられ、しつこいネズミに喰いちぎられ塗装もはげかかり、あまつさえ下半身を失っているポドリ君は、下半身がなくても危し気な笛吹き女の誘惑には勃起し（想像力を締め出していないので）、金髪のバービー人形の首の串刺し踊り（キム・ソンはある意味でアニメーションともいえるエリック・ロメールの『グレースと公爵』で革命派の卑しい市民たちがラムバール公女の首ということになっているみえみえの人形の首を振り回すシーンに感銘をうけこのシーンを撮ったのではないか）におじけづきながらも、警察官たることの信念を忘れもしなければ捨てもしない。自分の父親（イ・ミョンバク元大統領）と信じる母親（現大統領のパク・クネ）への恩愛を忘れず、意味も正体も不明の笛吹き女の支配するネズミ頭の女や、ヌイグルミ人形の無気味なネズミたちと闘い、ポドリ君のたてる騒音（ということは国家のたてる騒音だ）に抗議する住民たちのデモには情容赦なく放水を浴びせて鎮圧し、怪し気な呪術に耽って自分のことをかえりみてもくれない、父母への救われない愛に生きるのである。

韓国で民主化を求める学生を制圧した光州事件があった頃だろうか。韓国の機動隊の使用していた視線の妨げにならない透明アクリル製の盾は、日本の機動隊が学生たちを制圧するために開発使用したのが最初だったらしいが、当時、ヘルメットを着用せずにミニバイクに乗っていて警察官に呼びとめられた知りあいの東大生は、学生証を見たお巡りに、昔若かった頃自分は機動隊でヘルメットとタオルで装備した過激派学生に放水したりしていたものだけど、今は、ヘルメットを被るように学生を指導しているわけだよ、と、退屈そうに言われたと語っていたものだった。

　それから三十年以上がたって、機動隊のこわい顔のお巡りさんは、日本代表のW杯出場を喜んでもいるが、もちろん、二〇二〇年東京五輪のお・も・て・な・し警備に燃えてもいるのだろう。誰も暴動や過激なデモなどやるわけもないのだし――。

「さん」付けで呼ぶ（呼ばれる）職業

二〇一三年十一月

「おまわりさん」の他にも、職業名に「さん」を付けて呼ばれる人たちは、もちろんいる。

　最も一般的なのは「お医者さん」や「看護師さん」（しかし、さんをつけて呼ぶのがふさわしいのは、看護婦さんであろう）かもしれないが、身近なところに縁のない童謡や絵本の中では、思い出してみれば、子供にもなじみのある全ての職業というか商店は「さん」付けで呼ばれるのであった。かわいいサカナ屋さん、山羊さん郵便、カラスやロバのパン屋さん、お豆腐屋さん、八百屋さん、肉屋さん、花屋さん、お菓子屋さん、おそば屋さんとあらゆる小規模商店は「さん」付けで呼ばれているらしい、となんとなく考えながら、九月十五日の朝、毎日新聞の「日曜くらぶ」のページを読んでいたら、映画好きと言われる学者藤原帰一（東京大大学院教授、国際政治）が『第9地区』の監督、ニール・ブロムカンプの新作『エリジウム』を批評というより紹介する文章（連載エッセイ「藤原帰一の映画愛」毎日新聞の連載エッセイ欄には、それが何回目であるかがわかる数字が、なぜか記されていない）に「豊かな社会の底辺には重病にかかってもお医者さまに診てもらえない人々がいるわけです」（傍点は金井）と書いているのが目に入って朝食のミルク紅茶を噴き出しそうになりながら、「お医者さま」という言い方があったことを思い出し、病院側が採用した「患者さま」という呼び方が一部の人々の間で問題化されていることも思い出したのだったが、それはまた後で触れることとして、現在、介護保険料を支払っている年代の者としては、この「お医者さま」という言い方で思い出すのは、草津の湯はおくとしても、ブリジット・バルドーとダーク・ボガードが共演した退屈なラブ・コメディ『わたしのお医者さま』だということも、ともかくとして、いくら語尾に、ですますを使用する文体（読者への啓蒙と「知識」と「通」ぶりを発揮したい気持が程良く調和した）で書かれているとはいえ、落語の、殿様が幼児のようにお月様は出たか、と言うことに憮然として一言申し上げる三太夫のように「これは異なことを伺います」という気持になってしまう。先生《との》は立派な御成人でいらっしゃるのですから、医者と呼び捨てに願いとう存じます。

　落語の殿は、ウム、左様か、しからば、星めらはいかがいたした？　と、身分意識もあらわに三太夫に質問するのだったが、お医者さまという非成人的呼び方を藤原が文中に使うについては事情もあってのことだろう。

南アフリカ出身のブロムカンプの『第9地区』はSFの外見に南アのアパルトヘイトや世界各地の難民のような存在の宇宙人を、下級権力者として取りしまるおまわりさんが主人公の怪作だったのだが、新作の『エリジウム』は藤原によれば「すぐおわかりのように、これは国民保険がないために富の格差が生命の格差に直結した現代アメリカの寓意《ぐうい》」ということになるのだから、「お医者さま」には診てもらえない貧民の「患者めら」が、「医者」には金持ちの「患者さま」が対として存在するということまでを読みとってやらなければならないのだ。

この日の毎日新聞「日曜くらぶ」面には、藤原の他に医師の海原純子「新・心のサプリ」、作家のいしいしんじ「毎日が一日だ」の合わせて三つの充実した連載コラムが掲載されていて、偶然にも、三つとも職業に「さん」(一つは「さま」)をつけて呼んでいるくだりがあったのだ。

海原のエッセイには、忙しい朝、仕事場へ行くために無線で頼んだタクシーの50代にみえる、にこやかな感じのいい「運転手さん」が登場し、いしいのエッセイには「三崎いしいしんじ祭《まつり》」の様子が語られ、「バスの運転手さん」や「医師、市役所職員、宿屋さん、料理屋さん、魚屋さんやお菓子屋さん」といった温かな心を持つ地元の人と、ふらりとそこ(海辺の町)へ住みつくことになった作家の交流が日曜日の朝にふさわしい——NHKの朝のテレビ小説のムードにも似て苛々させられる——さわやかな調子で語られるのだが、この朝の私の関心事は、心あたたまる人々との交流ではなく、もっぱら、「職業プラスさん」という呼び方なのだった。

年が年なので、ふと大昔のハリウッド女優の名前を思い出しもするミス・テイラーと、ミス・ガードナーは仕立屋さんと植木屋さんということになるのだが、それで思い出すのは、フィービとセルビ・ウォージントン作・絵でいしいももこ訳の絵本「くまさん」シリーズで（「パンや」「ゆうびんや」「うえきや」は、まさきるりこ訳）、主人公のテディ・ベアは「くまさん」と訳されているけれど、くまさんが一冊ごとに就く職業の方には「さん」は付けられていない。いしいももこはビアトリクス・ポターの絵本を訳してもいて、『グロースターの仕たて屋』（傍点は金井）の他にも、ポターの絵本には様々な職業についている動物たちや人間が登場するが、石井の訳は職業名に「さん」が付けられることはない。

おひゃくしょうのマクレガーさん（これは人間）、だいくのジョンさん（これは犬）、「うできのせんたくや」のティギー・ウィンクル（これは針ネズミ）であり、村の「ざっかや」の経営に失敗する猫と犬のおはなしである『「ジンジャーとピクルズや」のおはなし』には、内容が内容だけにいろいろな職業名が登場するのだが、「ざっかや」に「さん」は付かないし、他には「にくやだの　さかなやだの　パンやのティモジーさんだのの、ぎょうしょうのくるま」と紹介され、店に失敗した犬のピクルズは「やまばんにん」になるのだし、ピクルズと猫のジンジャーが怖れて毛嫌いする警官の制服を着けた「ドイツせいの　にんぎょう」は、子供の読者に媚びつつ自分のおさな心を満足させようとする者たちが使用しがちな「おまわりさん」ではなく、「じゅんさ」と呼ばれている。

ある種の書評家（さん？）やライター（さん？）は、そうした石井桃子の言葉のセンスを「背筋のピンと通った」とか「凜」とした「毅然とした」と書きがちである。

さて、タクシーなりバスの「運転手さん」である。

タクシーに乗ると、時々お喋りで保守的な偏見を持つ運転手の車に乗りあわせることがあり、あまりのことにむっとして、あなたはそう言うけど私はそうは思わない、と言ってやりたくなることがあって、そうした場合、もちろん車内の運転者名を記した札を確かめて、※※さん、と呼びかけてもいいのだが、そこまでの議論をするつもりはないので、運転手さん、うるさいからちょっと黙っててよ、と言ったりする場合に、「さん」をつけはするが、文章の中になぜ「運転手さん」が登場するのか、少し考えてみることにしよう。

日本医大特任教授の海原純子のエッセイには、15年前に妻をなくし、2人の娘は結婚して独立し90歳近い母親は認知症で3年前から介護施設、同じ年の父親は胃ガンが再発して緩和ケア入院中という大変な状態でタクシー運転の仕事をしている、たまたま乗ることになったタクシーの運転手の、ちょっとした幸運を喜ぶ明るさ（短時間で客にこれだけの情報を伝える積極性のことか？）を眼にして、「困難な状況の中でたくましく生きられる資質は何なのだろう」と考えて「まず心にうかんだのは、「小さなことで幸せになれる」資質」というものがあるのだと気づき、「豊かになったはずの今、小さないことを楽しめる人は少なくなった。この時代に多くの困難を抱えているはずの人の中に、人生を楽しむ姿を発見した朝だった」と、ふりかえる。

いしいしんじの場合は、酒びたりの上にセブンスターを一日三箱吸って、「二十年ぶりに小児ぜんそくが再発」するはめになって（傍点は金井。余分なことだが、再発したのは、単にぜんそくと書けばいいのでは？）、ある日ふと海を見に出かけた三崎の駅で、そこからは海など見えないものだから腹立ちまぎれでガードレールを蹴りつけているところに「バスの運転手さん」が登場して、バスに乗るようにとやや乱暴な口調で告げられたことによってバスに乗って十五分。この「『うまれかわる』というより」、「僕」に「『生き直す』こと」をうながした「銀色に波打つ鏡が、青く豊かな壁が、目の前にひろが」り、三崎の町は「命の恩人」となったのだという、二つの感動的なエピソードに登場する「運転手さん」の背中には実際に羽が生えていたと書かれても、私はそれほど奇異には思わないだろう。

しかし、少しばかり気になるのは、港町三崎の「いしいしんじ祭《まつり》」で、「はじめてやってくるひとにも「おかえりなさい」と声をかけ」る心構え（ほとんど宗教的というか、「おかえりなさい」で有名な天理市を思い出すではないか）で準備をしてくれている人たちが職業名として列挙される時、「医師、市役所職員、宿屋さん、料理屋さん、魚屋さんやお菓子屋さん」と、さん付けとそうでないものの二種があることだ。

それからしばらくした木曜日の朝（9月19日）、朝日新聞のオピニオン面で「アウシュビッツから生還した元国際司法裁判所判事　トーマス・バーゲンソールさん」のインタビューを読んでいたら、インタビュアーの「ナチス・ドイツによって６００万人のユダヤ人が虐殺されたと言われています」という質問に、数字が問題なのではなく、「数字は犠牲者を非人間化してしまう。彼らは一人一人が夢と希望を持つ存在でした。親であり、子であり、仕事を持つ人たちでした。芸術家や、学者や、医師や、弁護士でした。彼らが生きていたら、社会にどう貢献できたでしょう。世界はどうなっていたでしょう」（傍点は金井）と語るのだが、むろん、六百万の虐殺された子や親や仕事を持つユダヤ人の全てが「芸術家や、学者や、医師や、弁護士」だったわけではなく、ある種の人たちが「さん」をつける職業である運転手さん、宿屋さん、魚屋さんやお菓子屋さんも大勢いたはずだ。

あれは日韓のサッカー・ワールドカップがあった年だったと思うのだが、ある社会学者が、はじめて世界のサッカー・ゲームを見ることになった人々の間で、スポーツ選手について「フィジカル」という言葉で云々することが広まったということについて書いていたのを思い出す。

日本人選手は生れつき恵まれていないが、アフリカ系黒人選手は、それに大いに恵まれている、という言説が一般的化したことの意味について、たしか、スポーツ方面のカルチュラル・スタディーズを専門とする社会学者が新聞に書いていたものだった。もちろん、その文章には、「タクシーの運転手さん」が登場して、日本人選手の弱さを嘆き、奴等はフィジカルが違いますから、と、スポーツ系カルスタ学者に語るのである。学者は、黒人選手（タクシー運転手が奴等と呼ぶ）のフィジカルの強さが強調される場合、ヨーロッパでは常に人種差別と切り離せないニュアンスがあり、フィジカルの強さを言いたてることは、彼等には頭脳的な戦略のあるプレーが出来ないという裏の意味が暗に含まれているのだと書くのだったが、それはそれとして、では、「タクシーの運転手さん」という書き方はどうなのか。幼稚な言いぐさだが、学者という職業（この場合、男）に「さん」を付けるとしたら、それは『わたしのお医者さま』といったニュアンスで、母親か妻か恋人か、さもなければ極く一般的に、書いている文章の内容をバカにする場合だろう。

文章の中で（たいていの場合は新聞紙上だが）、運転手さんという「さん」付けの呼び方を眼にするたびに、まったく何の根拠もないし、ここに挙げた例も、まったくの偶然だし、判断する程の知識を著者たちに対して持ってもいないのだが、少なくとも彼等は、自分がこんなにも親密さを感じている運転手について、運転手と書くことは乱暴というか、そうまで言わなくともどことなく無礼というか、無作法な印象があるのではないかと、無意識に思っているのかもしれない、と、私は想像する。「お医者さん」や「弁護士さん」、というかなり耳なれてもいる「さんづけ」の場合と「運転手さん」はあきらかに違う気もするが、しかし、プルースト（あるいは、映画監督のF・W・ムルナウ、ピアニストのリベラーチェ）の恋人だった自家用車の運転手さんとも決して書くことはない（彼等は歴史的存在なので）のだが、こうした職業が、人々に「さん」付けで呼びたくなるほどの親密さを抱かせるのは、医者にしろ弁護士にしろ運転手にしろ、とりあえずある環境の中で彼等に「命」をあずける事態が存在するので、人々はつい子供っぽい尊敬の念を抱いて、「さん」を付けるのだろうか、とも思えてくるのである。

藤原帰一の映画紹介の中に登場する「お医者さま」は、格差社会の上層部の不可視の存在、というほどの意味だろうが、他の二つの文中に登場する「運転手さん」は、あたたかくささやかな庶民の生活のよろこびに、乗客を運んでくれる特別な人物である。

カルスタ学者の文章に登場する「運転手さん」は、私たちの年代から少し上の年代の酔っ払い客が使った、運ちゃんという呼び方（むろん、差別的用語としてずっと以前から使用されることのない）を思い出させる昔風な存在で、黒人選手を奴等と呼ぶニュアンスは、前都知事の「三国人」や「アメちゃん」にも似ているところのある、あからさまに差別的なニガーに近いものだったことが想像できて、学者が車中で感じた不快感も容易に想像ができるのだが、この場合は、「タクシーの運転手さん」と書くことによって、「さん」という言葉のひびきの持つ気弱な印象のせいで、むしろ、差別に加担してしまう危うさがありはしないか、というのが、何年も前に記事を読んだ時の私の持った感想であった。

先月号に「編集さん」や「作家さん」という呼び方があることを書いたのだが、私としては「作家さん」という呼び方には、もちろん、薄ら馬鹿が何を根拠にエラそうにといったふうの軽蔑のニュアンスを感じるし、「編集さん」という言い方は、これは、えらそうにタメ口をきくくせに、企画が立てられないのはもとより、字数をかぞえたり、目次を作るためにまとめるという仕事（編集）さえまるで出来ない奴、を意味しているのではないか、という気がする。大衆的かつ保守的な本が受賞するケースの多い「本屋大賞」のことも、内容の子供っぽさをあらわしている「本屋さん大賞」だとばかり思っていたのだった。

職業に「さん」をつけて呼ぶのは、職業に貴賤は無いと信じる者の差別意識とも見えるし、子供っぽい仕草だと長いこと思っていたのだが、そうした考え方がゆらぐ体験が、「ＤＪポリス」への「おまわりさんコール」騒動だったのかもしれない。

「さん」付けで呼ぶ(呼ばれる)食品・動物

二〇一三年十二月

前回、前都知事が口にした「三国人」や「アメちゃん」と書いた時、実はすでに、そういえば、あれは……という気持はきざしてはいたのだ。

大阪では中高年の女性が飴を、単にアメとは言わず「アメちゃん」と呼ぶという、どこで耳にしたのか覚えていないけれど、なんとなく知っていた呼び方のことを（両者のイントネーションは違う気がするけれど?）思い出してはいたのだ。関西では中高年の女性のみならず、成人男性も、ごく自然な調子で、たとえば、「おあげさん」とか「おかゆさん」と、実際、知人が言うのを知って――なんとも不思議だったが――はいたし、関西出身ではない私の母も、稲荷鮨のことを「おいなりさん」と呼んでいたことを思い出しもしたし、これは人ごとではなく、幼児言葉で話しかける孫（むろん、子供も）

がいるわけでもないのに、ふと考えてみれば、おサルさん、クマさん、お宅のワンちゃん、お宅の猫ちゃんなどと口にしているではないか。

ごく身近なものや愛らしいものに親しみをこめて、「お」や「さん」を付けるのはもちろんわかるのだが、そもそも職業に「さん」を付けることのちょっとした違和感について考えることになったきっかけは、自らをおまわりさんと称する「ＤＪポリス」への「おまわりさんコール」だったのだが、よく考えてみれば、しかし、「おまわりさん」とは何者なのか？

何かの事故や事件の通報を受けて、テレビや新聞の報道用語では「駆けつける」（なぜか、決って、駆けつけたところ、なのだ）のはおまわりさんではなく「警官」である。警察もののテレビドラマや映画や小説が、あんなにも大量に生産され消費されているのにもかかわらず、私に関していえば、軍隊の階級称号よりも、階級制度という意味では同質なところのある組織の警察について、何も知らないということに気がついたのだが、ここで問題にしているのは、組織や制度ではなく、「さん」を付けて呼ぶことで呼びおこされる「イメージ」である。

ところで「おまわりさん」を国語辞典で見ると、「警官。巡査。」という説明と「巡査を親しんで呼ぶ語。」の二通りに大別できるのだが「警官」も「巡査」もきき慣れている言葉ではあるけれど、辞書の説明的にも制度的にも、警官は警察官を縮めていった言葉で、警察官は「警察の責務を遂行する国家公務および地方公務員。警視総監・警視監・警視長・警視正・警視・警部・警部補・巡査部長・

巡査の九階級に分かれる」のだそうだ。「お巡りさん」という言い方は、山田風太郎の明治物小説によれば、江戸末期、市中を警備するために見回った役人の巡邏隊から来ていて、ようするに、巡り歩くので、お巡りさん、である。常識的には制服を着てパトロールをしてまわる巡査部長と巡査のことをおまわりさんないしおまわりと呼ぶような気がするが、幼い子供的視点では、階級はどうであれ警察の制服を着ていれば、「①公共の秩序と安全を維持するため国家権力をもって国民に命令・強制する作用」を持ち「②国民の生命・財産および権利を守り、犯罪の捜査、容疑者の逮捕などを行え社会・公共の秩序をたもつための行政機能。また、その機関」に属して社会を見まわる「お巡りさん」なのかもしれない。

　そして、警察官には制服を着ていない「刑事」がいて、これもまた世界中で大量の娯楽作品として作られ書かれる警察ものや犯罪ものの中で、様々に類型化されたおなじみのキャラクターなのだが、これはドラマの中の登場人物たちには「刑事さん」と呼ばれる。彼が犯罪をおかしたりすると、目撃情報を語るチョイ役の登場人物たちから、「目つきの鋭い、コワイ感じの人」などと語られたりするのであり、たとえば、『吉村昭が伝えたかったこと』（文藝春秋編）の新聞書評には、「吉村昭は酒場や食堂で独酌していると、よく刑事に間違えられた、と、本書中で、歴史学者の山内昌之氏が語っている。人生のすべてを見通すような達人の雰囲気を醸し出していた。」（磯田道史'13年9月22日毎日新聞）というような滑稽な鈍重さで書かれた文章と共通する刑事観が、まるで公共の秩序のように行き渡っているように思われる。

この文脈では、「歴史学者の山内昌之氏」が語ったことの一部なのか、書評の書き手（文章の続きを読めば、この書き手は、中曽根康弘の「回想録の編さん」を行った「作家」のようである）の感想なのか判然としないが、「人生のすべてを見通すような達人の雰囲気を醸し出していた」という文章は、おそらく吉村昭について語っているつもりなのだろう。

しかし、このセンテンスでは、吉村昭が酒場や食堂でよく刑事に間違えられることと、人生のすべてを見通すような達人性とがイコールで結ばれていると読まざるを得ないので、吉村が人生のすべてを見通す達人の雰囲気を醸し出していたのは「刑事」に間違えられるような風貌だったからであり、ということは、とりもなおさず、「刑事」こそが「人生のすべてを見通すような達人」ということになってしまうわけである。

私はここで、この書評の文章の達意とは遠い上手下手について書いているわけではない。もっぱらメディアを通したイメージとして共有されている「刑事のイメージ」の比喩を使うのは、酒場や食堂での会話の中で、ある人物の目付きや体格を、なんかコワモテだね、ヤクザ方面だと見栄が重要で着る物にもっとお金かけるからさあ、刑事じゃない？　そうそう、そこがデカとヤクザの幹部の違いだってよく言うよね、といった紋切型の会話を小声で話す時か、警察ものの映画俳優の演技について、やはり紋切型の感想や批評を書いたり口にしたりする時ではないだろうか、と言いたいのである。

吉村昭がそれとよく間違えられたという刑事は、大衆娯楽フィクションの中で半ば以上パロディとして登場するあれやこれやのデカたちではなく、もちろん、戦後のあの時代の悲惨さを知り、キャリア組ではないたたき上げ警察官の肉体的知性ともいうべき、自腹を切って足でコツコツと捜査をする執念の人情派刑事を登場させた、松本清張・水上勉路線の存在だろう。彼等は、巨大な権力組織の末端に属する非エリートで（彼の追いかける犯罪者は、社会の末端から成り上った成功者で、原型は十九世紀のユゴーの社会小説を「万朝報」の黒岩涙香が超訳した『噫無《ああ》常』であろう）庶民的正義感と知性を執念と怨念にわかりやすく変換して、読者の支持を得たのだった。

それはそれとして、私たちがメディアで眼にする書評というものは、ことのほか、批評性を欠いているように見える文章で書かれる場合があって、どこか素人っぽいというか子供っぽい印象が拭いきれないものが多い。そのせいで、酒場や食堂で一人で酒を飲む吉村昭が刑事に間違えられたという記述を読むと、テレビの再現ドラマで売れない役者が下町の居酒屋の客と親父を演じ、「そうっすか。有名な作家さんでしたか。やっぱり、エライ人だったね。いやね、コワイといっちゃあなんだけど、眼付きが鋭い？　射抜くような？　見抜かれる？　そういうアレなんで、刑事さんだよ、あのダンナはって、噂してたんすよ」と、クサイ演技で安っぽい台詞を言うシーンを、私としては、なぜか思い浮かべてしまう。

こういった言説の空間で、『吉村昭が伝えたかったこと』の書評は書かれたかのようだ。

「十年ほど前、私は回想録の編さん（新聞紙上でも技術的にルビを振るのが簡単になったのだから、編纂と書いたほうが読みやすいだろう。「逮」が当用漢字に入っていなかった頃の新聞紙上の「たい捕」という文字を思い出してしまう。引用者）で会った中曽根康弘氏から、君たちはいいなと、ふといわれた。作家は価値ある作品さえのこせば、死後でもいつか必ずその価値が発見される。政治家は結果がすべてだ。悪意でやっても善意でやっても国民への結果しかない。政治家は俗物だ。でも俗物中の練達者でなくてはならない、芸術家はいい、というのだ。」ライターというか作家であるらしい書評の書き手は、そう言われて、吉村昭の顔が「脳裏に浮かんだ」と書くのだが、私としては何が「脳裏に浮かんだ」かと言えば、それはやはり「十九世紀」という時代である。

二十何年か前までの二十世紀時代なら、十九世紀という時代を前世紀（とくれば遺物と続くのに決っていたし）と書けばよかったのだが、しかし、元首相のロマン主義的な夢想的芸術家観はどうだろう？

前世紀末の、バブル経済の最中、そして懐かしい昭和でもある一九八六年に、首相だった中曽根は人種差別的で、政治家としてとても練達者とは思えない〈「知的水準」発言〉が話題になっていたのだった。そして私は今年のはじめ『金井美恵子エッセイ・コレクション1』（平凡社）に収録する文章を選ぶために「売れようと売れまいとおおきなお世話だ」（一九八六年）を読みかえしたばかりなので、三十年ほど以前、「俗物」が何を発言していたかについて書いた文章を引用することにしよう。

「「現代社会に適合するとは、何であるか」と中曽根は言う。「それは、非常にリズムとテンポの速い社会です。昔のようにもったりもったりしているようなことをやったら、」遅れてしまうのだ、なにしろ、「私は今、時代は大きく変わりつつあると思っておる」わけで、それは「先進工業国を中心にした新しい産業革命」、「ハイテクノロジー、コンピューター、あるいはバイオ、そういうものを中心にする、思いがけなかった新しい要因、とくにコンピューターを中心にする世界」の革命なのだ、それに乗り遅れないためにSDIへの日本の参加は必要だ、と首相は語る」

〈知的水準発言〉とは首相が一九八六年の自民党全国研修会の講演の中で、黒人やラテン系アメリカ人が白人系よりも知的水準が劣っていると発言したのを、日本のジャーナリストたちは（彼等もそう考えていたのかどうかは別として）まったく気にしなかったところ、アメリカのジャーナリズムが差別発言として取りあげて問題化し、中曽根はアメリカ向け弁明の中で、自分の民族問題についての無知は「日本は単一民族国家」だから、と現実を無視して無知の上塗りの弁解をしたのだったが、私のエッセイの結論は「山田詠美の小説を、民族差別小説で、日本の文学者はそういうことにまったく無邪気で、まるで世界というものがわかっていないと発言する中上健次（「早稲田文学」八六年十月）なら、日本の文学者たちは中曽根にそっくりだ、と思うことだろう。」というものだった。

何を長々と引用したのかと言えば、元首相が回想録の編纂者（ポランスキーの緊張感のゆるいスパイ映画『ゴーストライター』（'10年）では、元首相の回顧録の編纂、と取りつくろわず、はっきりとゴーストライターと告げられているが）に、「君たちはいいな」と「作家」について語ったことについての答えは、八六年当時、私の考えでは、そして絶対に中上健次も、「そっくりだ」というものだったのである。政治家は作家をうらやむことはないのだ。ゴーストライターとしては、元首相のお世辞混りに人心をとらえる政治力を冷静に分析すべきだろう。

　くどいようだが回想録の編纂者の経験のある書評の書き手は、そうである以上、元首相に批判的な立場をとっているとは思えないわけだが、五段分もの長さを利用した書評から独特の臭気として匂ってくるのは、「俗物中の練達者」や「達人が書き、達人が読む文学」や「東京中で一目置かれる古書店主」や「歴史的事実に著作権はない。苦労して史実を見つけた吉村は、いつも割を食っていた。」だの、「刑事」が「人生のすべてを見通すような達人の雰囲気を醸し出し」ているかのような旧世代のガンコ者を描く、通俗的小説やマンガ・劇画的言説によって成立しているのだ。

「ＤＪポリス」と呼ばれた機動隊員の指揮車上からの群衆誘導が大衆的支持を得た、ということはジャーナリズムでも絶対的支持された言葉は平成の「若いおまわりさん」の物語空間の言葉なのだろう。

　昭和三十年代のはじめ頃、曽根史郎の歌った「若いお巡りさん」という歌謡曲は、戦前の国家警察のこわい警察官から、民主主義国家の愛される純情派おまわりさんへの変身を頭の軽そうな国民歌謡風に歌った曲で、後にピンク・レディーが歌った「ペッパー警部」は、ある意味「若いお巡りさん」のＪポップス版と言えるだろうし、さとうよしみの無邪気な「犬のおまわりさん」は、さしずめ童話版である。それはまた別のはなしで、「ＤＪポリス」の最大の特質は、様々な大衆的メディアに登場した警官のイメージ（赤塚不二夫の目ン玉つながり、こまわり君、『こちら葛飾区亀有公園前派出所』の両津さん、笑う警官、ダーティハリーその他、世界中にあふれているポリスたち）と異って、自らを「警備にあたっている怖い顔をしたお巡りさん」と規定しながら、群衆と同じ「チームメート」だと語りかけたところだろう。

　こまわり君その他のマンガに登場したおまわりたちは「チームメート」などではなく、欲望に忠実で、みみっちく権力を濫用する下卑た男（なぜなら、〝にんげんだもの〟と相田みつを的にうそぶきもしよう）として喜劇的存在だったのだが、「ＤＪポリス」は、日本代表の「W杯一番乗り」を「皆さんと気持ちは同じ」の「皆さんのチームメート」であり、だから「チームメートの言うことを聞いてください」と語りかけるのだ。「お互い気持ちよく、きょうという日をお祝いできるように」と望んでいる、争いを好まない世代の「十二人目」の「ぼくたち、わたしたち」としての「ＤＪポリス」なのだ。

　ところで、「さん」を付けて呼ぶのは食品だけではなく、群馬県の農村では、蚕を「おかいこさん」と呼んでいたし、『１０００年刻みの日時計』の東北の村では「おこさま」と呼んでいたのを思い出した。そこではもちろん感謝の気持からそう呼ぶわけだ。

変わらぬスローガン、変わらない言葉

二〇一四年一月

なにしろ「スウィート・キャロライン」なのだから、彼女が、特定秘密保護法成立の時期にあわせて、というかそのために駐日大使に就任したのだとは、もちろんメディアで取り沙汰されることはないのだが、テレビのワイド・ショーやニュースでケネディ駐日アメリカ大使が儀装馬車で天皇に就任のあいさつをするため皇居へ向う映像が、かなりの時間を割いて放映されたのだった。

その前後、メディアでは連日、阪急阪神ホテルズ系列の経営するホテル内のレストランで発覚したという「食品偽装」について大騒ぎをしていたので（何年か前、吉兆や赤福や北海道の精肉工場、大手の乳業や製菓会社で偽装があったことは、忘れてしまったかのようにというか、まるでこうした食品に関する偽装行為が前代未聞であるかのような報道ぶりである）、テレビの画面を見ずに他のことをやりながら音声だけ聞いていると、儀装馬車という聞きなれない言葉が偽装馬車に思えてしまうのだったが、ふと気になって手許の辞書で「儀装」を調べてみると、三冊には載っていなくて、小学館の『大辞泉』でやっと見つかったくらいなのだから、確かにそれ——儀式のための装飾・設備をほどこした馬車——が走るのは珍しいことに違いないのだし、王宮なり舞踏会場に向って並足から跑足《だくあし》の速度で軽快に走る馬車に、時間的余裕を豊かに持った年齢層の女性たちが、幼い頃から影響を受けて育った数々のお伽話を思い出さないわけはないだろう。

馬車に乗っているのは生れついてのお姫様ではないし、馬車も婚礼の馬車ではないから、民間から王室や皇室のプリンセスになる女性を運んでいるわけでもないのだが、王宮へ向うトロットで走る儀装馬車は、メルヘンなのだし、乗っている女性は様々な意味で特別な存在である。女性たちは、馬車と言えば魔法で変身したカボチャをつい連想してしまうのだろうか？

王や女王になるべく生れついていない限り王位を継承できない制度を否定し、民主主義というよりは共和制による大統領を選んだアメリカ合衆国では、「誰でも大統領になれる」という、まるでイギリスの諺「猫でも王様が見られる」のもじりのような言い方で、大統領という権力者が、王のように生れついての血統で決められていないことを説明するのだが、駐日アメリカ大使が儀装馬車に乗って天皇に拝謁するため皇居へ向うのを見物しなければならないと考えて沿道に立ち並んだ日本人の群衆——中高年層の女性の姿が目立っていた——は、大使がジョン・F・ケネディ元大統領の娘でなかったら、もちろん、見物するに価するほどのものとは考えなかったはずである。

車道に人々があふれ出さないように張られた警備用のロープと、大人数の警官が配備され、比較的時間と経済に余裕を持っている層に見える中高年層の女性たちは、アメリカ史上最年少で大統領に就任したJ・F・Kの名を、「尊敬する人物は？」という問いの答えとして記した年代に属している戦後民主主義の申し子たちもいるが、もう少し若い女性たちも目立つ。もちろん、政治意識は低く、たとえば、不正献金問題が発覚しなかったとして、猪瀬都知事が七年後に現職でオリンピックの開会式の式典で開会宣言をする事には、背丈はむろん、鼻も低いし上を向いていてイケメンじゃないもの、やーよね、と思っているし、来日した折、羽田までカメラを持って見に行ったオーストリアのスキー選手で映画スターのトニー・ザイラーの白人男子的〝美〟に感心したこともあるのだが、現在は当然35ミリのカメラではなくスマホで、馬車の窓から手を振るキャロラインの姿を撮りたいのだ。なぜ？と言われても、はっきりした訳はとりたててない、というか、ホラ、見て、とメールを友人や家族に送りつけるためかもしれない。

テレビの画面に映し出された黒っぽいコートにスカート、中ヒールの靴という装いの、私よりやや年かさの老年といってもいい女性は交差点のある歩道から身を乗り出して、あっ、お馬さんが見えた！　来るわよ、馬車、おまわりさん、おまわりさん、道に出ていいでしょ？　ちょっとだけじゃない、駄目なの？　と、少し鼻にかかった甘えるような、目下の者に向って言うようでもある調子の命令口調（ずうっと、子供の頃から使いなれていて、自分の要求がそれで通った経験をかなり積んでいるし、この口調は人間だけでなく、犬との交流にも効力を発揮する）で言うのだが、ＤＪポリスではない、ありふれた警官は、むっつりと首を横に振るだけだ。

それとは別に、少女の頃からアウト・ドアというか帆走する小型ヨットの上で大西洋の潮風と太陽を浴びたせいなのかと思われる裕福さの証しのように見えるキャロライン・ケネディの顔に刻まれた皺を見ていると、私たちとしては、生れも育ちもまったく違うし、大統領の部屋に宝石泥棒に入るヒーローや、あるいは大統領警護のＳ・Ｐといった役を演じこそすれ、大統領役を演じることのなかった（いちいち例はあげないが、アメリカの俳優はそれこそ、誰でも大統領を演じることができるのだが）クリント・イーストウッドのあの深く刻まれた皺と彼女の顔の皺がなぜか似ていることに気がつく。

むろん、それは何の意味もないことなのだが、東北の被災地を訪れた彼女が、仙台の駅の楽天グッズコーナーで、野球帽を買って被るところをテレビのニュースで見てしまった以上、どうしたって、クリントが、老年の眼に問題が生じて耳でボ、ー、ル、の、様、態、を見きわめるスカウトマンを演じた『人生の特等席』（'12年）の娘役は、どう見ても年老いてから生れた孫にしか見えないエイミー・アダムスではなく、キャロライン・ケネディが演じるべきだったのだ、という気分になってしまうのである。

儀装馬車を引く馬と儀装馬車の警備にあたる警官に等しく「お」と「さん」を付けて呼ぶ女性のことを書いていたら、知人の女性（私よりずっと若いが日本に帰ってきて国会図書館での調べ物もあるので近くの宿泊施設に滞在している）から電話があり、泊っている部屋にまで、デモ隊が叫ぶ、スローガン？ それとも、シュプレヒコールと言ったのではなかったかしら？ が聞えてきて、（あの石破幹事長？に言わせると、テロだけど）革共同なんてなつかしい旗もあって（まだ、存在していたんですね、と興奮気味）、全体的に中高年層が多いんですけど、若い人たちもいるんです、と、日常的な交友方面では滅多に耳にしないソフトな口調で語るし、そもそも特定秘密保護法はアメリカの要請に応えて作られたものでもあり、それを遂行しようとしているのが岸信介の孫の安倍晋三であり、私たちの年代までの者であれば、石破自民党幹事長のデモとテロを同一視する発言（DVの分野では「言葉による暴力」が重要な項目だが）は、60年安保当時、反安保のデモの大規模な大衆的盛りあがり（子供たちがデモの真似をして「アンポ・ハンタイ」と叫ぶデモごっこ、というのがあったほどだ）の最中、岸首相がデモの声高の声にかき消されている国民の「声無き声」を聞くのだと言ったのが政治的洗練度が高いと思えてしまうくらい劣化が進んでいる、としか言いようがないというものだし、秘密保護法によって「戦前」に逆戻りする、あるいは、「知る権利」がおびやかされるといった出来の良くない安直なスローガンが反対する側に使用され、十二月六日、国会で強行採決されるという事態で思い出されるのは、一九六〇年の「安保闘争」のはずである。

「安保闘争」のあの大衆的盛りあがりにもかかわらず、日米安全保障条約の改定が強行採決された時の規模にくらべたなら、石破自民党幹事長にテロと勘違いさせる程度には騒音をたてたとはいえ、ふと考えてみれば、現政権の政治家は、60年安保時に年端もいかない幼児にすぎなかったのだから、反政府のデモといえば、やがて浅間山荘にたてこもったり、ハイジャックをすることになる新左翼の過激派（政治家たちは70年代に、やっと小学生くらいであったろう）に結びついてしまうのかもしれないし、現在の駐日アメリカ大使のケネディの家系が大衆的メディア上で、王制の存在しない国の政治家であるにもかかわらず、しばしば「ケネディ王朝」と呼ばれる名門である程ではないにしても、戦犯の官僚で安保条約改定時の首相であり、反対運動を「力」で抑圧するために警察官職務執行法改正をもくろんだ元戦犯の高級官僚岸信介を祖父に持つ安倍晋三は、受けつがれる政治家の家の歴史として、当時のことは知っているはずである。

あれほどの国民的規模の反対運動が盛りあがったにもかかわらず、それは国会で強行採決され、「当時、都立大学教授だった竹内（好）は、二十二日に、公務員の筆頭者である内閣総理大臣みずからが憲法に定められた議会民主主義を否定した以上、公務員として憲法を遵守《じゅんしゅ》する旨の誓約をしていまの職についた自分は、もはやその位置にとどまることはできない」という意味の発言をして職を辞し、三十日には東工大助教授だった鶴見俊輔が同様の理由で辞職したのだが、竹内好の「簡明なスローガン」「民主か独裁か」といういい方に、その年、竹内好が教授だった大学に入ったばかりの上野昂志は、違和感を覚えた、と書いている。二十四日には「岸内閣総辞職・新安保不承認・学者文化人集会」の席上で「東大教授丸山眞男も、「権力の万能か、民主主義か、どちらかを選ばねばならない」

と発言する。」（上野昻志『戦後再考』一九九五年）

一九六〇年といえば、第二次世界大戦が終わって、まだたったの十五年しかたってはいない時代なのだから、岸のあからさまな強権的な政治が「戦前への回帰をまざまざと実感」させて「反発や抵抗」が、闘争を一挙に拡大したことは、反米ナショナリズムや反基地闘争との関係で容易に想像がつくのだが（上野は触れてはいないが同じ時期、日教組の勤務評定反対運動も安保闘争と同時に行われ、デモに参加する日教組の教員が多かったせいで、小学校の授業が休みになったこともあったのを、思い出した）、しかし、特定秘密保護法についても、そして、それが十二月六日強行採決されたことについても、60年安保闘争の時とほぼ同じ言葉が語られたのは、どういうわけのものであろうか。

「戦時下」、『細雪』が発禁処分になった谷崎潤一郎は、「文筆家の自由な創作活動が或る権威によって強制的に封ぜられ」るだけではなく、そうしたことについて「深くあやしみもしないと云ふ一般の風潮が強く私を逼迫した」と当時をふり返って書いているが、そうした「戦前」への逆戻りが、五八年に国会に上程された「警職法」改正案を含めて強権的に行われようとしていた六〇年の六月十七日は、『瘋癲老人日記』（昭和三十六年十一月から三十七年五月「中央公論」に発表）では、大好きな「助六ノ芝居」を見に出かけ「御贔屓ノ訥升」の近頃こんな美しい「揚巻」は見たことがないという程の姿を見て満足し、翌日の昼の部にも行こうとするのだが、自家用車の運転手が、新宿の第一劇場に行くにはこの時間だと「必ズドコカデデモ隊ニ打ツカリマス、米國大使館ト國會議事堂ト南平臺ヲ結ブ線ヲドコカデ横切」るから早目に家を出る必要があると告げられるが「幸ヒ大シタ妨害モナク到着」し、帰りには伊勢丹の特選売場へ寄ることになると、運転手は「今日ハ全學連ノ反主流派ノデモダサウデ、二時カラ日比谷ニ集リ、主トシテ國會警視廳邊ヲ襲フラシイ」のでそれに打つからなければ大丈夫だと言い、その後、銀座の「濱作」へ鱧を食べに行くことになると、職業上、専ら交通情報としてデモの動向に敏感な運転手は「デモハ夜遲クマデ續キ、霞ケ關カラ銀座へ出テ十時ニ解散スル、今カラ濱作ヘイラツシヤレバ、八時迄」には帰れるだろうが「但シ少シ遠廻リシテ市ケ谷見附カラ九段ヲ經、八重洲口へ出テ行ケバ、デモニ打ツカル恐レハナイト思ヒマス」と言うのである。

戦時下、谷崎の『細雪』が発禁になったのは、それが革命思想的であったり、戦争に反対したというわけではまったくなくて「時局にそはぬ」という単なる小説の表面的なムード（いかにも消費的で贅沢な）の問題にすぎなかったのだが、まさしく時代が時局化していた六〇年の六月という時、谷崎の小説は「時局にそはぬ」という点ではなにも変っていなかったと言えるだろう。

ちなみに、伊勢丹特選売場で日記の書き手が嫁の颯子に買いあたえるカルダンのシルクのネッカチーフは、三千円ほどとあるが、当時、学生アルバイトの家庭教師が一回二時間週一で一カ月千五百円、銀座のおでん定食が百五十円、ビフテキランチが五百円の時代である。

何かをあっけない簡単さで忘れてしまうことについては、いつでも決して遅すぎることのないマスコミというか大衆は、六〇年にはアイゼンハワー米大統領の来日を阻止する大衆運動が盛りあがったのにもかかわらず、翌年の三月に知日派のライシャワー教授が駐日大使に任命されたことに、キャロライン・ケネディ大使の任命などおよびもつかない、まるで第二のマッカーサーが日米の関係修復に戻ってきたかのようなはしゃぎきった反応を示したもので、それは長いこと日本のアメリカ文化受容に影響を与えたはずで、キューブリックの『２００１年宇宙の旅』（'68年）の大型コンピューターが「ハル」と名付けられているのは（「ハル」は人間に反逆するというのに？）ライシャワー夫人の日系米人ハルさんの名前からとられているのだ、という、誇らし気な説を当時何かで読んだことがあるくらいなのだが、ライシャワーと言えば、私たちの世代の者が想起するのは、警職法並みの不必要で非民主的な悪法として廃案になったものの、何かことあるごとに思い出されて復活しかけた、予防拘禁法だろう。ライシャワーを襲った精神疾患のある青年の事件に端を発して、政府が作ろうとした、危険性のある精神病者を警察が予防拘禁できるという法律である。

　ところで、警職法を「過去の軍国主義・警察国家の再現に道を開くもの」として反対した社会党や総評は「デートもできない警職法」というスローガンを採用した（『戦後再考』による）というが、これは曽根史郎の「若いお巡りさん」と重なり、ＤＪポリスへとつながりそうである。

「円谷、しっかりしなさい！」

二〇一四年二月

「デートもできない警職法」という、社会党や総評の採用した反警職法闘争のスローガンに、なぜ「デート」という言葉が使われたのかと考えてみると、もちろん昭和三十一年の流行歌「若いお巡りさん」の歌詞が国民的に共有されていると考えられていたからに違いない。

当時の民主主義にふさわしく「愛される警察」に変身するという政策にあわせて作られたこの歌は、戦前の「オイ、コラ」という軍国主義的尊大さで知られていた警官の声というか職務質問のためにかける声が、「もしもし」に変っただけではなく、平成の「ＤＪポリス」風に言うならば「怖い顔したお巡りさん。心の中ではＷ杯出場を喜んでいる」のだし「みなさんも私たちも日本代表の12番目の選手」と同質の「人間」であることが強調されるという意味では、「若いお巡りさん」と「ＤＪポリス」

の間の五十七年を埋めていた言葉は相田みつをの「詩」だったのかもしれない。作詩・井田誠一、作曲・利根一郎の「若いお巡りさん」の歌詞を書き写しておこう。

1　もしもし　ベンチでささやく　お二人さん
早くお帰り　夜が更ける
野暮な説教　するんじゃないが
ここらは近頃　物騒だ
話の続きは　明日にしたら
そろそろ広場の　灯も消える

社会党と総評がスローガンの文言上で念頭に置いたのは、この一番の歌詞だったはずなのだが、四番までの、もしもし、ではじまるなんとも気味の悪い歌詞の全文も引用しておくことにしよう。

2　もしもし　家出をしたのか　娘さん／君の気持ちも　分かるけど／くにじゃ父さん　母さん達が／死ぬほど心配してるだろう／送ってあげよう　任せておきな／今なら間に合う　終列車
3　もしもし　景気はどうだい　納豆やさん／今朝も一本　もらおうか／君の元気な　呼び声きけ

ば／夜勤の疲れも　忘れるぜ／卒業するまで　へばらずやんな／まもなく夜明けだ　日が昇る

4　もしもし　タバコをください　お嬢さん／今日は非番の　日曜日／職務尋問　警棒忘れ／あなたとゆっくり　遊びたい／鎌倉あたりは　どうでしょうか／浜辺のロマンス　パトロール

任せておきな、や、へばらずやんな、忘れるぜ、といったカジュアルというか職人風言葉づかい（「ぜ」という語尾は、確か谷川俊太郎が書いていたと記憶しているが、山の手の、ちょっと甘ったれたぼっちゃん階級の学生言葉なのだそうだ。そう言えば石原裕次郎は「俺《おい》らはドラマー　やくざなドラマー　俺《おい》らが打《たた》けば嵐を呼ぶぜ」とか「俺は待ってるぜ」と、ほぼ同じ時代に歌ったものである）もさることながら、この若いお巡りさんの行動の、あくまで能天気な明朗青春歌謡ぶりは、むろん一九七〇年代の赤塚不二夫の下品なお巡りや山上たつひこのこまわり君の中にも内面化され、ピンク・パンサーでピーター・セラーズの演じたクルーゾー警部のイメージも加味して、ピンク・レディーの、これからいいところにペッパー警部として、デートを邪魔しに、突然出現したりしたものであった。

そして、さらに細かく小さいことを言えば、「任せておきな」という言い方は口語の会話上では「任せときな」でなければ不自然だし、メロディー上「任せて、翁」と聞える。若いお巡りさんは、納豆売りのアルバイト学生の「ナット、ナットー」という声（この物売りの声は、豆腐屋のラッパと共に、ある時期までの街の「朝の歌」ではあったのだが）に、今時の、なんとも自己中心的な言い方をすれば、毎朝、元気をもらっているのは、むしろ、自分の方です、と言うところである。「へばらず」に、という言い方は、いわば「疲労に負けずに、しっかり頑張れ」ということだろうが、昭和三十年代前半、小学生だった私としては、「へばらず」と言う否定形よりもずっと「へばる」という形でこの言葉は使われていたという記憶がある。長い距離を歩いたり、全速力（という程ではないが……）で走って疲れてフウフウ言ってたりする時に、もう、へばったのか、などとハッパをかける教師がいたし、「疲れる」という意味から、着物や服やらの生地や靴や鞄の皮革などが古びて磨り減った状態のことを言う場合に使ったはずで、納豆売り少年に早朝、庶民のおばさんは、えらいねえ、とか、寒いから体に気をつけてね、であろうし、独身警察官だったら、頑張れよ、か、しっかりな、だろう。

さて、それから、八年――。

若いお巡りさんは、タバコ屋の「お嬢さん」と結婚したかどうかは不明だが、'64年の東京オリンピックではマラソン・コースの道路の警備には立ったかもしれないし、それより少し前には、都内のお巡りさんたちの中から選抜されて、皇太子夫妻の成婚パレードの警備に晴れがましくも立っただろうし、屈託のない明朗性が評価されて機動隊に抜擢され、安保反対のデモ隊に立ちむかい、まだヘルメットを着用する以前の時代の学生や市民に向って、警棒を振りおろしていたかもしれない。

それはそれとして、一月三日の毎日新聞朝刊の都内面の連載記事「夢の続き～東京五輪１９６４―２０２０」では「おもてなしの美学」というタイトルで「コンパニオンのパイオニア」だった現在七十一歳の女性が紹介されている。五輪マークの刺繍のある振り袖姿で、メダルを載せたウルシ塗りのお盆を捧げて、表彰台の選手たちに運んだ若い女性たちの一人である。

「1964年10月21日。東京五輪の陸上競技最終種目となるマラソンはフィナーレを迎えていた。」と、記事の書き出しは、どこか緊迫した調子である。「先頭を行くアベベ・ビキラ選手（エチオピア）から遅れること約4分。白いランニングシャツの77番、円谷《つぶらや》幸吉選手が2位で国立競技場の大観衆の前に戻ってきた。／「円谷、しっかりしなさい！」／競技場のトラック脇」で叫んで「振り袖姿の我を忘れ、小走りした」女性が、当時と現在の三枚の写真で振り袖ともども紹介されている。

当時高校生だった私は、スポーツなど何の興味もなかったし、テレビの中継で東京オリンピックを見たこともないし、新聞も週刊誌もテレビ・ニュースも見る習慣がなかったので、オリンピックのお祭り騒ぎなど、何一つ実感として記憶になく、その後（1968年）に円谷幸吉が自殺をしてあの有名な遺書を残したことさえ知らず、七〇年代のはじめ唐十郎の芝居の中で李麗仙が読みあげるのを聞いて、てっきり、農民出身の特攻隊員の遺書だと思ったのを、覚えている。

それにしては、弱々しい悲鳴のような「幸吉は疲れました」とは？　と奇妙に思いはしたものの「わだつみ」の学生の手紙に見られる気取った教養主義的思い入れが皆無で、家族から送られた様々な食物がいちいち列挙され、「おいしゅうございました」というお礼の言葉が繰り返し書かれた異様な遺書が、東京オリンピックのマラソンとやらで銅メダルに輝いた自衛隊員の選手の書いたものだと知ったのは、芝居を見てからさらに少しばかり時間がたってからだった。もちろん、この、信じ難いような気が今ではするニュースに対する無知ぶりを、私は巧妙にごまかして、知人たちとの芝居に関する会話の際、あの遺書の引用は凄味があったという意見に、ほんとにね、という顔をしてうなずいていたのだったけれど——。

「円谷、しっかりしなさい！」というコンパニオンの言葉づかいは、遺書を知ったうえで眼にすると、「幸吉は疲れました」という弱々しい悲鳴を叱りつけているようではないか。この記事の書き手である若い記者は、アベベ・ビキラに4分遅れて「国立競技場の大観衆の前に戻ってきた」円谷が「英国選手に抜かれて銅メダルに終わったものの、陸上で日本唯一のメダルを獲得。」と、銀メダルの選手は名前ではなく当然のように国名で記している。当時二十一歳の、コンパニオンに選ばれたエリートでもある、民族衣装の振り袖を着た娘に「しっかりしなさい！」という、母親か女教師のような命令形の言葉を使わせた時代背景について、私なりに考えてみたいと思うのだ。むろん、大仰な大文字の歴史などではなく、ほんの枝葉末節のことにすぎないのだが——。

たまたまCSで放映されていた吉永小百合主演の『北のカナリアたち』('12年)を見ていたら何かの犯罪者に、人質にされた人間の命を救えなかったかなんかで苦悩している仲村トオルの若いお巡りさんと島の小学校の分校の女教師が不倫関係になって、しのび逢うところを小学生が目撃するという設定になっているにもかかわらず、どう見ても、小百合が仲村トオルに「なんですか、お巡りさんたる者が、しっかりしなさい！」と真剣そうな憂い顔でハッパをかけてるようにしか見えないね、と思った矢先に読んだ記事だったせいもあって、六〇年代から七〇年代初めの小百合が少女から若い女性だった頃に出演していた日活青春映画をリアルタイムで唯の一本も見たことはないものの、後にテレビ放映された映画を見た印象では、彼女は、スポーツというか体をつかった競争をしている同年齢や少し年上の少年や青年に、なにかにつけ「しっかりィ、しっかりィ、ガンバッテェ」と、真剣な表情のかん高い声援を送っていた印象があり、ちょいとだらしない年上の青年が、引っ越しの手伝いやら何やらの肉体労働にへばってサボったりすると、「なんですか、これくらいのことで、しっかりしなさい！」などとお茶目にプンプン怒ったふりをして、愛らしく賢しげにお母さんや女教師の真似をし、青年たちを叱咤したのではなかっただろうか。愚かな者もそうでない者も、青年たちは、みんな、内心ヤニ下がって喜ぶのである。

「都内の百貨店から寄贈された10着」を「約20人で代わる代わる」着た接待役兼メダル運び振袖娘たちは記事によると、「32年ロス五輪・三段跳び金メダリスト」や「銅メダリスト」の「娘ら陸連関係者の家族」で、「お金がなくても頑張っている父を見て、娘たちが立ち上がった。ホステスという言葉は嫌なので、コンパニオンと名付けた」のだそうだ。

こうしたおもてなし系の女子を表わす言葉というものは、次々と風俗系従業員化されるものらしい。日活青春映画的女性像というか吉永小百合的女子像というものがあって、それは昭和二十四年の東宝版以後三度目の映画化だった『青い山脈』の登場人物が原型になっているのかもしれないが——和泉雅子の演じた不良少女は別——オリンピックのコンパニオンたちは、当時の日本の映画製作会社の女優たちのイメージのどこよりも日活の青春スター女優（ようするに小百合である）に近かったのだろうということが半世紀を経て、「円谷、しっかりしなさい！」という叱咤の声によって証明はともかく納得はされるというものである。

毎日新聞の「夢の続き〜東京五輪」という連載の「おもてなしの美学」として扱われている記事の中に、「しっかりしなさい！」と叱咤された円谷幸吉のその後の人生は触れられていないが、五十年前の東京オリンピックで、（言うまでもないことだが、オリンピックは「国」を背負うスポーツの祭典なのだ）たった十九年前のことにすぎない敗戦を思い出さない戦争経験者はいなかっただろう。

昨年九月、二〇二〇年のオリンピック開催地が東京に決定したことを受けて、毎日新聞専門編集委員の玉木研二は「東京オリンピック　文学者の見た世紀の祭典」（64年　講談社）に収録された40人計91作品の中から何人かの言葉を引用し「7年後、再び作家たちは競技場へ向かい、新しい発見や表現を記すのだろう。私はむしろ、飾らない率直な思いや感動の表出がいい」と続け、「例えば、三島（由紀夫）が女子バレーボール「東洋の魔女」の決勝観戦記を結んだ言葉はどうだろう。／「私の胸にもこみ上げるものがあったが、これは生まれてはじめて、私がスポーツを見て流した涙である」／シンプルさこそが五輪にはよく似合う。」と単純そのものに勝利の感涙を賞揚するし、ロンドン・オリンピックの年、スポーツ雑誌編集者（「編集さん」と呼ぶべきか？）は編集後記で「普段は見ない競技でも、五輪になると不思議と熱が入るのはなぜか」と自問、身もフタもなく自答する。「その理由を読売新聞のＣＭが的確に表現していた。「僕たちが声援を送っているのは、僕たち自身なのかもしれない――」。あのＣＭ、グッと来る！」（「サッカー・キング」'12年8月号）。もちろん、声援を送られている「僕たち自身」は五輪に出場しているだけではなく、言うまでもないがＷ杯にも存在していた。サッカー・ワールドカップ・フランス大会の最終予選プレーオフの日本対イランの試合を実況中継したＮＨＫアナウンサーの、日本代表選手を語った「彼等、ではありません。これは私達そのものです」という台詞は、名言として語り継がれているし（ナチス政権下でのベルリン・オリンピックの女子平泳ぎの決勝で、アナウンサーが実況アナウンスの公共性を忘れて、前畑、ガンバレ・ガンバレと絶叫し連呼したというＮＨＫスタイルの平成ヴァージョンにすぎないだろう）、むろん、渋谷の交差点でディスクジョッキーにも喩えられた若いお巡りさんの「喋り」は、こうした国民的自己同一化で盛り上がる感動的表現の、お巡りさんヴァージョンなのだが、しかし、ＮＨＫ愛国実況ヴァージョンの安直ないただきにすぎない読売新聞のＣＭに比べれば、言葉づかいが詩的（相田みつを的に、という意味で）に洗練されているとは言えるだろう。

　誰もが感動したはずである。

「裸の王様」の退場

二〇一四年三月

「裸の王様」の寓話というより、むしろ「裸の王様」という比喩的な言葉の方が世間では通用しているのにちがいない。

しかし、ではそれはどんなことを意味しているのか。

アンデルセンの『皇帝の新しい着物』を、子供向きというか大衆的に語り直した挿画入りの読み物や、紙芝居や絵本によってよく知られた物語が出版された一八三六年当時、世界には幾つかの帝国があって何人かの皇帝がいたのだし（英国のヴィクトリアは女王で、まだ植民地インドを含めた大英帝国の女帝《エンプレス》として君臨してはいないし、フランスでナポレオン三世が皇帝になるのは十六年後だ）、やがて日本でもこの世界的に高名な作家によって書かれた児童文学の古典は訳されることになる。もちろん大日本帝国となった日本にも天皇《エンペラー》がいたのだが、日本でこのおはなしは、見えない服を着た王様の行列を見て小さな子供によって口にされた言葉として名高い「王様は裸だ」として知られていたはずである。

それがどういう物語であったかを確認する前に、つい去年の十二月、医療法人徳洲会グループからの五千万円授受問題で「就任わずか1年で辞職することになった東京都の猪瀬直樹知事（67）」について書かれた記事（毎日新聞12月20日朝刊）の大見出し「裸の王様退場」に注目することにしよう。

猪瀬直樹は記者会見の一問一答で「政治家としてアマチュアだった。傲慢になっていた」と自らについて語ったのだそうだが、この大きな記事の横組みの見出しは、「信州大で猪瀬氏の1年先輩にあたる佐藤綾子・日大教授（パフォーマンス心理学）は「上から目線で人のアドバイスを聞き入れなかった結果、『裸の王様』になってしまった。辞職は時間の問題だったが、言い訳する姿が連日のように報道され、政治家の幕引きとしては最悪だった」と問題点を指摘した。」という発言から取られたものなのだろう。

そして、「猪瀬」と「裸の王様」で検索すると'03年12月8日号の「アエラ」誌上に、まだ、ノンフィクション・ライターにすぎなかったとはいえ、出世の糸口には充分についたといえる民営化推進委員だった猪瀬が、道路公団改革について首相に「直談判に及んだ」という威勢の良い記事が載っている。「小泉首相は裸の王様だ「首相へ最後通告」猪瀬直樹氏インタビュー」である。

「敗戦間際、なかなか情報が天皇に達しなかった。それと、同じことが」日本の首相を支える陣容の手薄さや官邸のスタッフ不足にも言えた、と猪瀬は考える。さらに「自民党内に、自分の派閥や子分はいない」のだから「そうなると、小泉さんは裸の王様になる。改革をめざすなら、まず、そういう自分を取り囲むシステムを改めないといけなかった。それによって道路公団や郵政三事業の改革ができるのに……」

そして、また'13年12月27日の「天声人語」は、靖国神社に参拝した安倍首相を「裸の王様」と呼び「自民党内にはもはや意見する人物はいないのだろうか」と書いている。人を「裸の王様」と呼び、自らそう呼ばれる例も含めて、どうやらこの言葉はジャーナリズムで、アドバイスなり情報なり、周囲の意見を聞けずに孤立している権力者のことを言うらしいのだ。

毎日新聞の記事も、猪瀬知事が都幹部や都議との会談や合議ではなく、石原慎太郎や川淵三郎・日本サッカー協会最高顧問の意見によって辞職を決めたことについて「庁内で心を許せる相談相手を持つことができず、孤立の中で追い込まれていった姿が浮かぶ」と書いていることからも、「裸の王様」という言葉が孤立して周囲に見放された傲慢な権力者を意味していることがわかる。

しかし、さて、「裸の王様」というタイトルと共に「みにくいアヒルの子」や「マッチ売りの少女」や「人魚姫」や「おやゆび姫」といったアンデルセンの童話を、私たちは幼い子供の頃から、紙芝居や絵本やアニメやダニー・ケイ主演のミュージカル映画（『アンデルセン物語』'52年）によって、イソップや浦島太郎やかぐや姫の昔話と同じくらいよく知っていたはずで、「裸の王様」とは、そもそも、馬鹿に見られたくないという見栄や虚栄によって真実に眼を閉し、王様以下全てのスノッブな大人が巧妙なサギ師にだまされてしまう時、子供の純真な無邪気さが言いにくい真実を言ってしまう、という物語として、誰もが（というか、子供は？）理解していたはずである。

しかし、引用した三つの例（二つには猪瀬直樹が関係している）は、もちろん違う意味で使われている。この言葉（アンデルセンの「裸の王様」とも書かれることのある寓話とはあきらかに違うので）が気にかかっていた時、たまたま芥川賞・直木賞が百五十回を迎えるという広告や記事がやたらと散見され、私としては、開高健の芥川賞受賞作のタイトルが『裸の王様』で、子供の頃読んだ記憶では、たしか児童画教育と絵具会社に関係したはなしだったが、とおぼろ気な記憶がよみがえり、もしかすると、日本のジャーナリズムで使われる「裸の王様」という言葉は、アンデルセンではなく開高健の広く読まれているらしい小説に関係しているのかもしれないと考えて、新潮文庫版（平成24年、79刷）で読んでみたのだった。

一九六一年には「週刊朝日」から特派されてイスラエルでのアイヒマン裁判傍聴記を書き（ハンナ・アーレントのように「凡庸な悪」という鋭利な批評を残しはしなかったが）、四年後には朝日新聞の特派記者としてヴェトナムの戦場におもむいた作家なのだから、ジャーナリズムが慣用する比喩的表現のもとになった「裸の王様」の使用例は、開高健の芥川賞小説（'57年下半期）にあったとして、何の不思議もないわけである。

虚偽でかためられた内実の虚ろさに気づかず孤独な権力の座に追い込まれつつ、権力の座にしがみつく者としての「裸の王様」が、作家の鋭い社会性を持つ批評によって寓話的というか戯画的に語られていて、それ以後、ジャーナリズムは一種の母型として開高健に由来する意味でこの言葉を常用してきたのかもしれないではないか。

しかし、開高健の児童画教育ブームを批判したらしい小説に「王様」は登場しない（当時、王様クレイヨンという顔料の分量が少なくて質の悪いロウをメディウムに使っていた安価なクレヨンがあったことを思い出しはしたが）。付け焼刃の児童画教育理論で機敏にひともうけしようとした教育関係者や美術関係者たちの「正体」がラストで「裸」にされ、語り手は「腹をかかえて哄笑した。」という筋立てではあるけれど、哄笑される彼等は、戦後民主主義教育界において「王様」という程の地位にいるわけでもない、唯の俗物たちと言ってもいいだろう。

自由空想画教育という、問題を抱える子供たち（問題児と呼ばれる）にのびのびと絵を描かせることによって、子供が本来持っているであろう、形式的な文化に汚されていない自然で自由な表現――汗や泥くさい子供の体臭の感じられる――を取り戻させ、成長に結びつけるという、もっともらしい理論を持つ画家でもあるらしい語り手の「ぼく」は、野心的というか、当時の宣伝業界的発想の和製英語で言えば、アイデアマンとも言うべき人物でもある。

「ぼく」は偶然、ニューヨークタイムズの記事で読んだ、小児マヒの少女が高層ビルの病室の窓から眼下の雑沓に投げた「誰かさんへ」と宛名を書いた何通もの手紙に、世界中の見知らぬ人間たちから返事がとどいたというエピソードに感動し、「デンマーク、コペンハーゲン、文部省内児童美術協会御中」と宛名を書いて、両国の子供たちの描いたアンデルセンの童話の挿画を交換しよう、と提案する手紙を出す。

返事はなかったが書きつづけた第三便に「アンデルセン振興会」の女性から、賛同の返事がきて、この企画は進行しはじめるが、企画そのものは「ぼく」の手を離れて絵具会社の社長や文部省の主催する全国的な規模へと移り、それと同時期に、絵具会社社長の息子で、問題を抱えた児童である太郎を絵画教育で教えることになり、その彼が描いたのが「裸の王様」の絵なのだ。

「ぼく」はアンデルセンの『皇帝の新しい着物』が他の作品と違って、「装飾物がすくないことを発見して」、太郎に「権力者の虚栄と愚劣という、物語の本質を理解させてやりた」いと思い、権力者をあえて西洋の皇帝とは語らずに「抽象化を試み」て語ってやり、子供はそれをもとに自由に空想して、松の並木とお堀端を背景に、チョンマゲに越中フンドシ姿の殿様が歩いている絵を描く。

「ぼく」はそれが父親から見捨てられたも同然の孤独な幼年時代を村で過した太郎の、いわば原風景（「村芝居の役者と泥絵具」で出来た「薄暗い荒莚《あらむしろ》の桟敷《さじき》」の「汗や足臭や塩豆の味やアセチレンガスの生臭い匂いなどが充満した鎮守の境内から生まれた」）で、しかも「アンデルセンが完全に消化され」て、本当の芸術家が表現（小説家も含めてだろう）する瞬間はこうなのだ！という開高健的な創造行為の情熱の躍動と情念が太郎少年のクレパス画に託して語られる。
「彼の血管は男の像でふくれ、頭のなかには熱い旋律があり、体内の新鮮な圧力を手から流すのに彼はもどかしくていらいらし」あらゆるものから「遠くはなれて独走している瞬間」によって描かれた、その名も、当時すでにマスコミ的有名人だった岡本太郎を思い出させる、太郎の「裸の王様」あるいは「裸の王様としての殿様」が（後に殿さまキングスというコミック・バンドが登場したのを思い出した）、開高健の考える、真に書くべき絵＝小説＝芸術＝創造行為であることは言うまでもないことだろう。

後に彼は、自分もそして同時代の小説家も、そうした創造の真実の瞬間にすっかり見離されて「衣食足りて文学は忘れられた！」と文芸雑誌上で小説家たちにアンケート（一九七九年七月号「すばる」）の形で問う試みを行うことになる（『金井美恵子エッセイ・コレクション1』に収録の開高健の問いに答えて書かれた「太った道化」を参照されたい）のだが、それはそれとして、政治家について語るジャーナリズム用語の一つである「裸の王様」の用例の典拠が、時代をリードした純文学作家で寿屋（現サントリー）の宣伝部員開高健の小説でなかったことは、あきらかになったわけである。

では、開高の小説の中に、「裸の王様」という寓意で名ざされている者はいるのだろうか。
「虚栄心のつよい権力者がだまされて裸で闊歩する」物語であると解した「裸の王様」にふさわしい「権力者の虚栄と愚劣」を示している人物は作中の誰なのだろうか。むろん、そんなことはどうでもいいのだが、手もとにない開高健の『裸の王様』を取り寄せて送ってもらった若い編集者が、中学生だった少年時に読まされたのを思い出したと言うので、私はつい国語の模試に、作中の「ぼく」は誰を「裸」にしたのか答えよ、という問題があったかもしれないと想像してしまったのだ。

そこでは、「王様」というほどの権力など持ってはいない若い野心的な現代美術家が、美術学校で同期だった「ぼく」によって、「虚栄と愚劣」のバケの皮を剝されて「裸」にされたことが語られているとはいえ、やけに気負い立った語り手は、アンデルセンの童話の中でこのうえなく簡単明瞭に「だけど、なんにも着てやしないじゃないの！」と皇帝の新しい着物について言った無邪気な子供とはほど遠い、いわば悪意を持って児童画界の「虚栄と愚劣」を暴くのである。

西洋的なチェスのキャッスルや絵本を元にしたイメージで描かれてコンクールに応募された大多数の「裸の王様」に対して、日本的な松並木とお堀端とフンドシ姿の「裸の殿様」の絵は、「ぼく」の敵であるコンクールの審査員の通俗的美術家や評論家に「ふざけた、趣味のわるい、そして下手な画」と酷評され、「アンデルセンほど国際的な作家をこんな地方主義《ローカリズム》で理解させるなんて」絵の指導者の責任だとさえ言われる。

児童画コンクールの審査員たちが、どのように悪辣であるか、「ぼく」の筆は知的悪役の典型を形どおりの凡庸さでスケッチする。「彼らは自尊心にみち、若い山口（「ぼく」の同級生で新進気鋭の才気走った美術家。引用者）のでしゃばった役柄に軽い反感を示しながらも、自分たちの紐帯《ちゅうたい》を感じあって自信たっぷりに腹をつきだして」眼には「知的な寛容か、軽蔑《けいべつ》か、教養ゆたかな微笑」を浮かべ「安心し、くつろぎ、栄養の重さを感じて傲慢《ごうまん》」で、「ぼく」にはとても「がまんがならな」いうえに「彼らは子供の生活を知らず、精神の生理を机でしか考えず、自分の立場を守るためにしかしゃべっていな」いのだが、彼等に理解できない子供の絵（であり、とりもなおさず「ぼく」の考える芸術）とは「色彩と形のうしろにひそむおびえた暗部や、像にみちた血管や、たえず脱出口をもとめて流れやまない肉体」によって成立し、彼等にはその「ひとつとして理解することができないのだ。彼らは商人に買われ、自分をだまし、校長と教師をそそのかし、二〇〇〇万人の鉱脈を掘り荒しただけだ」ということになる。陳腐すぎるようだが、「裸の王様」とは彼等のことなのだろう。

引用しながら、はしなくも私が想起してしまったのは児童画のアンデルセン・コンクールの様子というよりは、開高の小説の書かれた20年後、ＳＦ作家筒井康隆によって書かれた、エンターテインメント系の文学賞選考委員たちを惨殺する候補作家が主人公の『大いなる助走』である。個人的なことだが、発表された当時、面白いから是非お読みなさい、と大岡昇平氏に、二冊あるからと一冊いただいたのである。それを読んでいない私に、氏は小説に登場する選考委員のモデルに相当するのが誰なのかを、いちいち説明して教えてくださったのだが、日本の大衆小説家に関してまったく無知な私には、名前を聞いても、まったくピンと来なかったから、残念ながら「馬の耳に念仏」というか「猫に小判」であった。『裸の王様』から『大いなる助走』の頃まで、若く野心的な芸術家や小説家の前には保守的で現代的情報に無知な権威主義者が多数いたにしても、もちろん彼等を比喩的にも「王様」

とは呼べないだろう。なにしろ、開高の『裸の王様』には「裸」であることを平然と指摘する「子供」が登場しない。

そして、アンデルセンの『皇帝の新しい着物』だが、これはもちろん、私たちが子供の頃、絵本（や、その頃になかった言葉だが、読みきかせで）でそれとなく教えられたような気のする童話の意味、「無邪気な子供のまなざしこそが真実を言いあてる」が、主題ではないだろうし、まして、昭和天皇がそうだったと猪瀬の言う、「情報」から遠ざかって孤立した権力者、でもあるまい。

「王様」の正体？

二〇一四年四月

アンデルセンの『皇帝の新しい着物』は読んだことがなくても、「裸の王様」という言葉が、どうやら、その権力の規模はどうであれ、権力者特有の行動や思考方法の愚かさを意味しているらしい比喩なのだろうということは、メディアで語られる言葉に接していれば誰にでも簡単に想像がつく。

そして、幼年向きの紙芝居や絵本では、王様以下家来や大人の国民に対して、無邪気な子供こそが真実を口にする知恵者なのだ、という神話的子供についてのメッセージがこめられてもいたのだが、さて、それではここで改めて『皇帝の新しい着物』を読みかえしてみることにしよう。

岩波文庫版『アンデルセン童話集』（全十巻）の第一巻（『皇帝の新しい着物』収録）が大畑末吉訳で刊行されたのが昭和十三年、その後、昭和三十八年に改訳され『完訳アンデルセン童話集』（全七冊）が上梓されたが、手もとにある二〇一二年の四十刷から引用することにしよう。アンデルセンの四十刷に対して開高の『裸の王様』は同じ年に七十九刷である。

文庫の九ページに収まる小さな童話にすぎない『皇帝の新しい着物』は、秀れた資質を生れつき持っている者が、生れた場所を間違えて育てられ、差別され不幸な幼年時代を過すが、やがて成人して、唯の家畜のアヒルなどではなく白鳥だったことが判明するといった類いの無邪気な自己愛系自慢話が多いアンデルセン童話の中では、珍しく、ピリッとした風刺的鋭さのある寓話である。

着物道楽に血道をあげて政治も外交もかえりみないファッショナブルな皇帝のもとに、二人の詐欺師がやってきて自分たちの作る特別な織り物を宣伝して、注文を受けることになる。二人が国中に言いふらしたのは、自分たちの作る織り物は、美しいだけではなく、それで作った着物は、誰でも「自分の地位にふさわしくない者や、手におえないばか者には、それが見えない」という、ファッションを理解するには、経済力や社会的地位だけではなく、美的センスや知性も必要だという、まさしく現代的な特質を持つものとして語られるのだ。皇帝は自分がそれを着れば「この国の」役人が地位にふさわしいかを探れるし、利口か馬鹿かも区別できると考える。それは単なる着る物ではなく便利なメディアであり、もちろん、権力者としては是非とも知っておく必要というより押えておくべきものである。

二人のニセ者の機織《はたお》り職人の織る〈ばかや自分の地位にふさわしくない者には見えない布地〉を織

る仕事が、どのくらい進んでいるか知りたいと思った皇帝は、「もちろん、自分は何もびくびくすることはないと、信じてい」たけれど、それでも、ひとまず「年とった正直者の大臣」を見に行かせることにする。「知恵もあるし、また、あれくらい、自分の地位にふさわしい者は、ほかにない」と考えたからであり、その頃には帝都中に、すでにその織り物の不思議な性質は知れわたっていて、「自分のお隣りさんが、もしや悪い人か、ばか者ではないだろうかと」みんなが知りたがっていると、アンデルセンは語る。

最初に織り物を見た老大臣をはじめ、次にそれを見た二人の高級官僚、そして皇帝、都中の大人たちが、馬鹿に思われたり社会的地位にふさわしからぬ者と断定されることを怖れて、「何も見えない」という単純な真実の一言を誰も言えなくなるメカニズムが、寓話の持つシンプルな的確さでキビキビと語られ、皇帝が新しい着物を着た行幸が催され、都の人々がそれを見に集り、それを見た子供が「だけど、なんにも着てやしないじゃないの！」と口にした言葉が、人々の間にまたたくまに広がり、なんにも着ていない、と「とうとうしまいに、ひとり残らずこう叫び」皇帝にもそれが本当のことのように思われて困惑するのだが、いまさら行列をやめるわけにもいかず、「なおさらもったいぶって」歩き、「侍従たちは、ありもしない裳裾《もすそ》をささげて進みましたとさ。」と、「裸の王様」というタイトルでも知られているアンデルセンの童話は終わる。

さて、このシンプルで良く出来た寓話（様々な国に似たタイプの伝承が存在するが）の意味は、前回に引用した新聞と週刊誌の記事の中で、猪瀬前都知事がそう言われ、また、ジャーナリスト時代の猪瀬が小泉首相に対して使った言葉とは、かなり意味が違うようである。

開高健の『裸の王様』も、その小説に登場する子供が、自由連想方式の児童画の指導者の解釈を押しつけられ、王様ではなく裸の殿様の絵を描いた、ということにすぎないのだから、アンデルセンの意図した寓意とは無関係である。

『皇帝の新しい着物』の物語を要約するならば、馬鹿で社会的地位にふさわしくないと思われる（というか馬鹿であることがばれる）ことを怖れるあまり、権力者たちを含めて人々が同時に同じ虚構を共有し、その空疎さが無邪気さによって曝かれて、国民の全てがそれを知った後でも、権力者たちはそれをなかなか認めることが出来ない、ということだろう。

似たタイプの伝承であるギリシャ神話の「王様の耳はロバの耳」は、神の言うことに耳を貸さない傲慢さを罰せられて耳を愚者の象徴であるロバの耳に変えられた王の寓話である。普段、ロバの耳は王冠で隠していて、本人以外知る者のない重大な「秘密」なのだが、散髪をしないわけにはいかないので、秘密を守ることを厳命された床屋だけが、そのことを知っている。

しかし、自分だけが知っている秘密というのは誰かに喋りたいのが人情で、我慢が出来なくなると床屋は丈夫な皮の袋を口にあてて秘密を喋り、しっかり紐で結んでおくのだが、ある日、紐がゆるんで、床屋が溜め込んでおいた「秘密を語る声」が一斉に飛び出し、風に乗って国中に広がったというのだ。人の口に戸はたてられない、ということであり、噂をたてられた王様にとっては、文字通り風評被害である。

知事を辞職すると発表した猪瀬都知事を、ジャーナリズムが「王様」に喩える必要があるのだとしたら、「裸の王様」よりも、「物の考えが至らなく、傲慢」であったことを記者会見で「反省」したことからいって、「王様の耳はロバの耳」の方が、ある程度有効なのではないかと考えられるのだが、しかし、もちろん、「王様」にせよ「皇帝」にせよ、知事と違って選挙で国民や市民に選ばれたものではないのだ。

開高健の『裸の王様』の語り手の解釈では『皇帝の新しい着物』は、「権力者の虚栄と愚劣という、物語の本質」を明確に持っている作品ということになるのだし、それに付け加えて、もちろん、それを他意無きひとことで曝くのが、子供の無邪気さだ、ということを、私たちは幼年期に紙芝居や絵本を通してなんとなく学んだものであるし、子供の持つ無邪気さの正当性は、「王様」ではなく、子供である「王子」の登場する物語によっても証明されているだろう。

アンデルセンの童話に大きな影響を受けて書かれた、作者自身がイギリス文壇の王子様的存在でもあったオスカー・ワイルドの幸福な王子や、それと同じくらいに有名な、サン・テグジュペリの星の王子さまが、それだ。

王子たちは、いわば永遠の無邪気な子供であることによって、貧しさや本当に大事なものを見ることが可能なのだ、と作者たちは告げる。

だとしたら、王様的存在に向って、「だけど、なんにも着てやしないじゃないの！」と、その裸性を告げる者（いわば、エディプス的な息子でもある、王子？）の存在が明らかにされてこそ、「裸の王様」という比喩が成立するのではないだろうか。

そうした真実を告げる子供の役割こそ、学者とかジャーナリズムに担わされた責務と似ているではないか、と半ば無意識に思考する者たちが、メディアの中で誰かがもちろん、「裸」になってしまったことが誰の眼にも充分あきらかになった時、その誰かを「裸の王様」と子供っぽい仕草で名指すことになる。

「上から目線で人のアドバイスを聞き入れなかった結果、『裸の王様』になってしまった」（佐藤綾子・日大教授）と猪瀬前知事（知事職は王様に喩えられる権力を持っているわけだ）について言う場合の「裸」は、愚かさのせいで曝すはめになった醜態あるいは正体、ということなのだが、前回引用した「アエラ」誌の猪瀬氏インタビューのタイトルに含まれる「小泉首相は裸の王様だ」の場合は、そうした範疇に含まれないだろう。小泉氏は戦時下の昭和天皇のように「情報」から切り離されてしまっているから、**裸の王様のように孤立してしまう**、と、'03年当時、民営化推進委員として鋭い舌鋒をふるっていたと言われる猪瀬は語ったのだ。なんという無責任な考え方だろう。

しかし、私の記憶では、猪瀬は、百人一首の清原元輔の歌「契りきなかたみに袖をしぼりつつ末の松山浪越さじとは」の解釈さえ覚束なかった（『目白雑録5　小さいもの、大きいこと』の「様々な言葉、言葉……2」を参照）のだから、アンデルセンの『皇帝の新しい着物』を典拠とする「裸の王様」の比喩が、多少見当外れだったとしても（作家としてならば猪瀬よりははるかに格が上の開高健さえもが、アンデルセンの寓意を読みこなせなかったのだから）、当然と言えば言えるのだし、「裸の王様」という比喩というかイメージが作者の意図を超えて（間違えて）拡散することを、アンデルセンは物語の作者たる資質として十分に承知していただろう。裸の皇帝は「いまさら行列をやめるわけにはいかんわい」という、もっともな理由で行列を続けるのだから、その間に意図も変化するというものだ。

　そうした長い行列の中の皇帝の裸を見て、世界中の読者たちは、様々なことを読んだそばから忘れるのだったが、アンデルセンの皇帝が「裸の王様」という言葉になった時、まっ先に忘れられたのが、二人の詐欺師の存在であり、彼等の織り物から作る着物の性質として喧伝された「だれでも自分の地位にふさわしくない者や、手におえないばか者には、それが見えない」という特質、そしてそれが帝都中に知れわたっていた、という事実だろう。

　開高健が大江健三郎と争う格好で昭和三二年度下半期の芥川賞を受賞することになった短篇小説『裸の王様』では、子供の自由想像画の指導者が、デンマークのアンデルセン協会と共同で、アンデルセンの童話をもとにした児童画展を開くというアイディアに夢中なあまり、肝心のアンデルセンの原作の童話を子供に読ませるということさえ忘れ、というより無視して、「物語の本質」を理解させてやるために「抽象化を試み」て読みきかせるという、なんとも粗雑な、しかし、今だってあたりまえに行われているやり方で原作に接する。

開高の考える『皇帝の新しい着物』の「物語の本質」は極度にシンプルな「権力者の虚栄と愚劣」ということになるのだが、'13年12月20日付け毎日新聞の黒地に白ヌキの大きな文字の見出し「裸の王様退場」の意味するところも、そして記事中に発言が載っているパフォーマンス心理学の女性教授の使用例も、開高健が寿屋（現サントリー）宣伝部的感覚でコピー化した「権力者の虚栄と愚劣」に無意識に依拠していると言えるだろう。

しかし、それにしても、「物語の本質」としての「権力者の虚栄と愚劣」などという抽象的な概念を小学児童の自由連想画に描かせるという発想は、いかにも不自然というか、滑稽すぎるというものではあるまいか。

『皇帝の新しい着物』が書かれてから十何年かそこいらの間に、ヨーロッパでは幾つもの革命が起き、マルクスとエンゲルスによって『共産党宣言』が書かれ、各地を結ぶ鉄道が開通し、資本主義は益々発達し、アンデルセンが童話のなかで、未来の世紀のミューズは大西洋の海底ケーブルの信号で新作の詩をアメリカに送る、という夢想を語りもする時代、帝都に住む国民は、ジャーナリズム、すなわち、いかにも日常的になじんでいる知性であり包装紙である新聞によって（錫の片足の兵隊は、子供が新聞紙で作った舟に乗せられて、町の水の流れる溝に浮かべられるのだし、ある物語は塩漬けニシンを包んだ新聞紙の切れはしに書かれていたものであったりする)、皇帝の新しい着物の珍しい特質を知って、その特質を国中で共有した時に、「裸の王様」は登場するだろう。

帝都の国民(私たち)と王様(私たち)は、無知さによってだまされるのではなく、むしろ知性によってある特定の、その時々に変化したりもする価値感を共有することで、「裸の王様」と共犯関係を結び、それはいつでも突然、もっぱら王様の正体としての裸性――皇帝は「新しい着物」など存在しないことを知ってからもそれがあるふりをしなければならないのだから、新しい着物を作ると称する市民的産業家でもある詐欺師に加担することになるのだ――が曝露されることになる。

そして、アンデルセンの生きていた時代(一八〇五~一八七五)、最も有名な「皇帝」といえば、もちろん、ナポレオンだが、『皇帝の新しい着物』に登場する皇帝は、書かれた頃にはまだ成立していなかった産業的・市民的栄光を目ざしたフランス第二帝制のナポレオン三世を思わせる近代的キャラクターなのである。寓話として読むことで忘れられがちな時代背景なのだけれど、アンデルセンのこの寓話は産業革命の時代に書かれたものなのである。

二十世紀の半ばすぎ、私たちは、新しい帝国主義と産業革命と政治的革命によって揺らいだ時代に書かれた児童文学の古典的名作としてのアンデルセンの作品を読んだり読まされたりした、というわけではなく、イメージと化した寓話、もしくはキャッチ・コピーとして、アンデルセン的なものに、どっぷりとかこまれ浸っていたようである。

ダニー・ケイ主演の『アンデルセン物語』（'52年）では、アメリカン・ドリームと混りあった成功の夢として「みにくいアヒルの子」の歌がうたわれ、ディズニーの『ダンボ』は、「みにくいアヒルの子」の象バージョンとも言うべきアフリカ象（もちろん、ジャズのことだ!!）の成功譚なのだし、インド象については『巨象の道』という植民地支配の終焉をあつかったW・ディターレのメロドラマ映画もある。水上勉は自伝的な小説でもある『あひるの子　アンデルセン幻想』（1976年）の中で、貧しい生れ育ちのみにくいアヒルの子であった少年が苦労の末、美しい白鳥＝小説家になったことを、ごく素直なてらいのない調子で書いたし、皇帝というどこか歴史的意味あいを持つ称号ではなく、神話・伝承的架空性を帯びた、権力の「虚栄と愚劣」の象徴である「裸の王様」として、二十一世紀のジャーナリズムにも（なにしろ古典的名作を基にして作られた言葉というかイメージなので）、それは通用し流通しているのである。

みにくいアヒルの子については、アメリカの絵本作家ジョン・シェスカが子供むき絵本の体裁をとったパロディ本（『くさいくさいチーズぼうや＆たくさんのおとぼけ話』）の中で、アヒルの子が信じていたように白鳥になることはなく、当然、みにくい大人のアヒルになったことを告げるが、もちろん、私たちは何か素晴しいものと思われているものの本当の正体を知ることで溜飲を下げるのも大好きなのだ。

「王様」の「クラシック音楽」

二〇一四年五月

「裸の王様」という、ジャーナリズム好みの安易な比喩で親しまれているイメージは、「王様」の「正体」が白日の下（まさしくジャーナリズムの機能や力によって）、暴かれる、ということでもあるのだが、同時にワンマンの権力者が周囲が見えなくなって孤立して失敗する、という意味でもあるらしい。

この比喩の元になったアンデルセンの『皇帝の新しい着物』では、皇帝以下、「新しい着物」が特別に持つという高度な情報という詐術にやすやすだまされた者たちの知的虚栄心の愚かさが語られる。しかし、子供を除いて全ての帝国民をだましたといえる詐欺師そのものについては、くわしくは語られていない。優秀な詐欺師にはだまされるのが当然といわんばかりである。

詐欺の規模が国家的になれば、私たちはそれを「神話」と呼びならわしてきたのだったが、そこまで大規模ではないにしても、「物語」というものは、私たちの自らのだまされたいという願望が加担して成立することを、薄々であれ承知していたはずである。そもそも、語ると騙るは同義語で、カタは象《カタドリ》や型のカタと同根、「出来事を模して相手にその一部始終を聞かせるのが原義」（『岩波古語辞典』）であり、だまされたいという聞くものの協力によって、はじめて成立する。

　不正に選挙資金を入手したらしいことが発覚して、醜悪な様子をメディアにことさら曝しつつ、猪瀬前知事が知事職を辞することになった際に新聞紙上で使用された「裸の王様」という言葉を巡って、あれこれと書いている間に、移ろいやすいメディアの扱う話題は、資本主義社会の中で王様にたとえられる消費者である「王様《わたしたち》」ではなく、創造者のように見える巧妙な「詐欺師」の「正体」がばれたというニュースに移っていたのであった。

　アンデルセンの詐欺師たちは、見えない（存在しない）衣装によって皇帝から莫大な金を引き出したのだったが、さっさと逃げてしまったし、損害を受けた皇帝が訴えないかぎり犯罪者にはならないわけだから、知的であることをよそおったせいでだまされたという屈辱の心の傷が、帝都にはさぞや広がっただろう。「裸の王様」とは、権力者のみならず、もちろん、「私たち」のことなのだ。サッカーW杯の代表選手についても、「彼等」ではなく「私たち」です、と、実況アナウンサーが叫んでいたではないか。

「現代のベートーヴェン」と呼ばれていた「作曲家」佐村河内守を、詐欺師と単純に言うことに多少ためらわれる節があるのは、このメディアを沸かせた騒動（すぐに忘れ去られるにしても）が、もちろん、いわゆる犯罪ではないから、というだけではないらしい。というのも、純文学雑誌「文學界」の四月号では、近代的な作品イメージと作者のオリジナリティーの神話に疑問を呈しつつ、小説家と翻訳家が、この騒動に触れていて、この事件というか騒ぎが、小説と関係のある者にとって、いかに身近というか刺激的だったかをうかがわせる。

「例の自称聾作曲家の事件では様々な考察がなされたが、」と鴻巣友季子は書きはじめるのだが、メディア上での騒動はともかく「考察」という程のものを目にしたのは、私の狭い知見のこの時点で、他に高橋源一郎と千住明（「中央公論」四月号）のものくらいではあるものの、行きつけの美容院の美容師は店内でオリンピックのフィギュア競技の伴奏に使用されたという、佐村河内が作曲したと言われていた曲を流し「作曲家ではなく音楽プロデューサーとか音楽監督と名乗っていれば、何の問題もなかった」と、メディアの一部で語られた考察を口にしていたくらいだから、こうした類いの「考察」が、一般的なのかもしれないのだし、鴻巣も連載エッセイ「カーヴの隅の本棚」に、次のように書く。

「自称作曲家の件は盗作でもないし、作品自体は偽物でもない。他人の作品をそっくり流用して自分の名前をつけて出してしまった」のであり、「適当な喩えかわからないが、デュシャンのレディメイドとか、ウォーホルのポップアートなどを、わたしはちらと思った。しかしこの場合、まずかったのは、引用される側より引用する側のほうが多少有名だったこと。さらに引用（流用）された楽曲が大量生産の便器やキャンベル缶などの製品と違って未発表で、出典も明示されていなかったこと。こういう図式になると、パクリとかインチキとかいう話になる」

もちろん、デュシャンやウォーホルを例に出すのは、まったく「適当な喩え」ではない。デュシャンの『泉』というタイトルの付けられた便器は、美術展とタイトルという芸術作品の制度への批評行為なのだし、ウォーホルのキャンベル缶の版画は、ポピュラーな名声で缶詰のように販売するという反オリジナルのアート的なギャグとして意識された商業主義とでも言うべきものだ。しかし、今日では商標権の問題としてウォーホルのリトグラフが成立するかどうか。

高橋源一郎は、同じ「文學界」四月号の「ニッポンの小説・第三部」の第二十四回「心は孤独な芸術家」を、作家らしく、何かに触れて書くときにはとりあえず原典にあたる、という基本を踏まえ、かつ軽薄さについての自己批評も交えて、「わたしは、さっきから、ずっと、佐村河内守の、ではなくて、ゴーストライターである新垣隆が作曲した「交響曲第1番《HIROSHIMA》」を聴いている。もちろん、「ゴーストライター」問題というか「贋・現代のベートーヴェン」問題がなければ聴かなかっただろう。まったくどうしようもないな、ヤジ馬は……。」と、書きはじめる。

佐村河内守が曲を発注する際に新垣隆に示した「指示書」について「あれは、ほんとうに素晴らしいと思いました」という発言が引用され、「なるほど。そうなのか。」と、「（現代音楽の）作曲家、千住明さんと話をした」高橋源一郎は思うのだったが、その千住明は「「職人」として修業を積んだ結果、音符の一つひとつから始めて、オーケストラの譜面まで書ける」作曲家として発言している（註・一）。作曲者と編曲者が職業的に制度化されている「分業」は普通にあることなのだし、メロディーを口ずさんだり、書いただけの者（あるいは、五線紙に幾つかの和音を書き記したり）がオリジナルな作曲者として遇される場合があることを作曲の職人の立場として説明する。

ところで、ここに引用した作家や作曲家等による「佐村河内守」についての論評は、三月七日の「告白」記者会見以前の見た目しか知らない状態で書かれたものであることを書き加えておかなければならない。

三月七日以前に「佐村河内守」として知られていた人物の見た目については、それが「感動の物語」に自ら含まれている付属物（あるいは、見た目の、こっけいなベートーヴェン性についてまで言及するのは、はしたない感じがしなくもない）であるかのように彼等はわざわざ触れはしないので、ここでは変身後の佐村河内守のファッションをチェックする、ファッション・コメンテーター、ドン小西の意見を見ることにしよう。

「いきなり別人に変身しちゃったから忘れてたけど」と、流行《ファッション》に生きるせいで、いろいろなことを忘れるのが早いドン小西は言う。「ロングヘアとヒゲにサングラス」で「黒ずくめ」の「カリスマ性や神秘性も手軽に演出できる便利な格好」をしていたのだが、それはファッションを「本当の自分を隠すための小道具としかみていない」ことであり、ドン小西に言わせれば、ファッションというものは「本当は自分を隠すんじゃなくて、表現するため」のものなのである（もちろん「隠す」ということも自己表現なのだが――）。それを「舐めんなよ」で、変身後の佐村河内は「ヒゲをそっても、七三分けにしても、どっか演出くさ」く、「その証拠に、この日のスーツはピークドラペルのダブルっていう、ロン毛時代から着ていたもの。ほかにこの手のスーツを着ていた人といえば、石原慎太郎くらいしか思い浮かばないもの。つまり、やたら偉そうで、謝っちゃいないよな」（「ドン小西のイケてるファッションチェック　第647回」「週刊朝日」3月21日号）。「どんなに上手に変身しても、石原スーツがバラしてますって」と、ドン小西は言うのだが、ファッション以前に、サングラスとアゴヒゲという顔の額縁というか枠を外すと、あきらかになった脂肪太りの三重アゴの方が、何かを決定的な単純さで「バラして」いるだろう。

　高橋源一郎も千住明も鴻巣友季子も、もちろん、ドン小西も、お手軽で便利な変身のための衣装をとってみると、三重アゴの太った感じの悪い「偉そう」なダブルのスーツ（記者会見用に、紳士服専門チェーン「コナカ」で購入したもの（註・二）。「週刊新潮」3月20日号による）を着た人物が作り出した陳腐な「物語」については語らない。

　なにしろ高橋は衆目の一致したところ知的で批評的で真摯な現代作家なのだから、当然、この騒動のゴーストライターとして事実を告白することになった「現代音楽」の作曲家の〈創作〉について、真摯に反応するのである。

佐村河内の名で、「現代音楽家」の新垣隆が作曲した「楽曲」と、「現代音楽」のおかれた一種袋小路的状況（現代が冠される類いのハイ・アートは、美術であれ詩であれ小説であれ映画であれ、似たようなものだろう）について書かれた作曲家や音楽研究者の文章の幾つかを高橋は引用するが、そうした文章より、ずっと説得力のあるのが、冒頭の「交響曲第1番《HIROSHIMA》」という曲についての、現代音楽にももちろん嗜みのある高橋の、ヤジ馬的おちょくりがユーモラスな鋭い批評的な感想である。「微笑ましいぐらいマーラーそっくり」で「他にも聴いたことのあるものが混じっているよう」で、ショスタコビッチやオネゲル、「ペンデレッキは当然」で、IT批評家の濱野智史（AKB48の総選挙に民主主義の未来を見たりする、いつも決って現状を肯定的に容認する論考の書き手、と私は記憶しているが）もこの曲を聴いて「ふつうにエモい」と言っていたし、「エモい……過剰にエモーショナル、ということである。三楽章のエンディングで鐘が鳴るのには、びっくりした。ベタすぎる……。マーラーだって、そんなことはやらないだろう。まるでハリウッド映画みたいな、という感じもした。いや、確かにエモいぞ、この曲は」と高橋は思ったのだ……。

高橋は、野口剛夫、千住明、森下唯の、音楽家の立場から書かれた、佐村河内守の「楽曲」と新垣隆の「作曲」についての批評的文章を引用するのだが、なかでも、ピアニストの森下唯の「より正しい物語を得た音楽はより幸せである」を、長々と引用するのは「なんだか、この文章を読んでいると、他人事とは思え」ず、「そう、ここに書かれていることのかなりの部分は、「(現代)芸術としての小説」と、重なり合った問題を抱えているような気がする」せいである。

「(現代)芸術としての小説」について、翻訳家の立場からの鋭利な批評の書き手である鴻巣友季子が、この「盗作でもないし、作品自体は偽物でもない。他人の作品をそっくり流用して」しまったことから引きおこされた騒動について、「近代芸術の作家性とそのオリジナリティの至上主義が崩れてきた流れの一環」として「翻訳」の問題とからめて触れるのも当然のことだろう。

「新潮45」や「週刊文春」といった出版社系大衆ジャーナリズムが、テレビという大衆メディア(それもNHKの特別番組である)を通して有名人になって「自伝」まで出版した被爆二世で全聾で独学で作曲法を身につけたという人物の作曲した曲のウサン臭さにスキャンダル性を察知したのは、大衆ジャーナリズムの当然の本能というもので、現代小説の作者と利発な翻訳者によって「文學界」に書かれた現代的問題を論じるエッセイとは、自ら問題点が異る。

そして、もちろん、メディアの関心は途中で、瞬く間に、ノーベル賞も夢じゃないSTAP細胞を作ったと称している若い女性研究者が、もしかしたら詐欺師(この分野には、どうやらありがち、と誰でもが思いおこす例が証明しているように)かもしれないという、もっと魅惑的なスキャンダルに移行してしまうのだが、「(現代)芸術としての小説」に関わる者の一人としては、もう少し、佐村河内守とその代作者新垣隆の作った曲について、どのような「言葉」が書かれたかを読むことにしたいのである。

あれはおそらく、ＣＤの「HIROSHIMA」が発売された時ではなく、ＮＨＫスペシャルの「魂の旋律〜音を失った作曲家〜」が放映された後に新聞に載った全面広告だったのだろうと思うが、長髪にサングラスで顔の輪郭ぐるりにヒゲを生やした黒ずくめで陰翳に富んだ調子の写真に「現代のベートーヴェン」というコピーと、この交響曲を推すという作家の五木寛之の名前が書かれているのを見て、普通程度の教養というか常識のある〈（現代）小市民〉は、Ｎスペを見てもいないし、「交響曲第一番」を聞いていなくとも、これは徹底して通俗的な、微笑ましいくらいエモい曲なのだろうと見当をつけるのに決っている。

広告の作り方の全てが、御覧のとおりウサン臭いですが、そう思うのは一部のインテリだけで、そのての人たちは私ども最初っから相手にしてませんし、とってもわかりやすくて誰もがどこかで聴いたことのある（もちろん、マーラーやペンデレッキなどという名を知らなくても）、美しく感傷的で感動的な音楽ですよ、というメッセージを伝えている、と見るのが、広告を見る際の消費者の知恵でもあり、メディアリテラシーの初歩である。

そして、「佐村河内守」の知名度といえば、週刊誌のコラムニストが、この騒ぎでメディアをにぎわしている名前というか文字を初めて見て、さむらかわちのかみ、と読んでしまった、と書いていたのが、コラム向きの気の利いた冗談ではなく、本当のことだと誰もが確信する程度のものだったろう。

代作者の新垣隆が記者会見で「真相」を語って一連の騒動（虚偽が露呈した！　という）がおきた時、

私は、読んだことはないのだが映画を見たことがあるし、テレビドラマにもなったはずの松本清張の『砂の器』（に流れる「曲」としての）を思い出し、さらに、かつて、長い間、（途中から日曜の午前中に放映時間が移ったとはいえ、）土曜か日曜のゴールデンタイムの時間帯に放映されていたはずの「題名のない音楽会」をたまたま見ると、瀟洒で知的なホスト役、作曲家の黛敏郎が、チャイコフスキーやラフマニノフの交響曲や協奏曲、そしてベートーヴェンの「運命」を、大仰で泥くさくて情熱的で滑稽だけれど、なぜか人々の心というか耳をとらえる音楽として、エッセイを読みあげているような流麗な語り口で説明し（背後に控えるオーケストラが情熱的な旋律を、これみよがしなわざとらしさで、印刷された文字で言えば、ゴシック体にするか傍点を付けるように演奏する）、知的な聴衆が、わかってます、といった感じでクスクスと笑う音が波のように広がった様子を、思い出したのだった。「通俗性」が知的な笑いの対象として、クラシック音楽ファンたちと軽薄に共有されていた時代を思い出したということである。

註・一　「交響曲第一番「HIROSHIMA」の「指示書」を私はこう読んだ」というサブタイトルの付いたエッセイ、「作曲家の立場から見た佐村河内守「代作騒動」」（「中央公論」二〇一四年四月号所載。しかし、この号の表紙には「佐村河内事件をプロはどう見る」という雑駁なタイトルで載っている）。

註・二　佐村河内が記者会見の席で着用していたのは、紳士服専門チェーン「コナカ」の黒いダブル・スーツだったが、一方、紳士服専門チェーンの「洋服の青山」では、50周年特別企画として「坂本龍一特別モデル」のスーツを販売している。50周年祭半額セールのチラシにはプロの音楽家とスーツのプロが「最高の仕事」のコラボレーションによって作った「坂本龍一モデル」のスーツ購入者対象に「洋服の青山オリジナル楽曲“Blu”指揮・ピアノ　坂本龍一　オーケストラ　東京フィルハーモニー交響楽団のフル尺ＤＶＤプレゼント！　全国１５、０００着分限定」という、おまけもついているという広告が載っていた。

「砂の器」としての、いわゆる「クラシック音楽」1

二〇一四年六月

現代史的悲劇と身体的悲劇という運命を二重に背負って陽の当る場所《メディア》のスターとなった作曲家に、実は影の部分である実作者が存在した、ということは、言ってみれば陳腐に陳腐を上塗りしたようなものにすぎないのだが、まさしく、そのせいで――陳腐な物語が大衆社会で発揮する根強く強力な力――私は『砂の器』を思い出したのだった。

むろん、原作の小説ではなく、一九七四年に松竹で映画化（監督・野村芳太郎、脚本・橋本忍、山田洋次）された感動的なピアノ協奏曲がいやがうえにも感動を誘う『砂の器』である。もちろん、ここには隠されていた実作者がいるわけではないのだが。

「ウィキペディア」に原作と異る「映画版の特徴」として載っている説明文を引用することにしよう。

犯人は原作の「前衛作曲家」から「天才ピアニスト兼、ロマン派の作風を持つ作曲家に設定変更」され、彼（和賀英良）は「過去に背負った暗くあまりに悲しい運命を音楽で乗り越えるべく、ピアノ協奏曲「宿命」を作曲・初演」し、その曲が、物語のクライマックスとなる捜査会議（複数の殺人事件の犯人を和賀と断定、逮捕状の請求を決定する）のシーン、「和賀の脳裏をよぎる過去の回想シーン」「和賀の指揮によるコンサート会場での演奏シーン」（芸術家としての出世の晴れがましい名誉そのものとして、何一つ恥じる気配もなく描かれる）に「ほぼ全曲が使われ、劇的高揚とカタルシスをもたらし」、「原作者の松本清張も「小説では絶対に表現できない」とこの構成を高く評価し」、映画で使われた「宿命」は「音楽監督の芥川也寸志の協力を得ながら、菅野光亮によって作曲」され、サウンドトラックとは別に「クライマックスの部分を中心に二部構成の曲となるように再構成したものが、『ピアノと管弦楽のための組曲「宿命」』としてリリースされた」そうだし、『砂の器』は、原作が出版された翌年の一九六二年以来、これまでに五回テレビドラマ化されているほどの、いわばテレビドラマ界の野心的定番とも呼ぶべき名作らしい。

二〇〇四年にTBS系列で放映されたもの（十一回の連続ドラマ）は、刑事役に渡辺謙、犯人役のピアニスト兼作曲家をSMAPの中居正広が演じ、「ウィキペディア」には「最高視聴率26・3％を記録した」とわざわざ書いてあるくらいだから、この数字はテレビドラマの視聴率としてかなり高いものなのだろう。

橋本・山田のシナリオを基にテレビドラマ用の脚本が作られた'04年度版『砂の器』の音楽は、佐村河内守が新垣隆に示した「指示書」について、皮肉でもなんでもなく「あれは、ほんとうに素晴らしいと思いました」と発言していることを高橋源一郎が引用している「(現代音楽の)作曲家、」千住明で、ピアノ演奏はポピュラーに名の知れたピアニスト羽田健太郎である。

松本清張の『砂の器』は読んでいないのだが、何年か前「現代思想」誌の特集「松本清張の思想」で、このタイトルの作品に何人かの論者が言及していたのを思い出し、取り寄せて開いてみれば、「討議」を行っている歴史学の成田龍一と国文学の小森陽一が、現在(二〇〇四年)、「清張ブーム」と言われていて「いくたびめかの脚光を浴びて」いると発言しているのだが、その当時(十年前)、私にはまったくそういうブームがあるなどという実感はなかったし、特集の中で佐藤泉の論考「一九六〇年のアクチュアリティ/リアリティ」を読むまで、『砂の器』と呼ばれる物語の原作小説の中では、犯人の作曲家が電子音楽やミュージック・コンクレートの前衛音楽家であることも、もちろん知らなかったのだ。

砂の器というあからさまにもろさや破綻や破滅を意味する比喩(砂の城ほどの壮大さを避けて、器としたところに、松本の作家としての、それこそ器を見るべきだろうが、映画の英語版タイトルはもちろん「Castle of Sand」である)をタイトルにした物語を、より鮮明にするために、橋本・山田脚本は、犯人をロマン派風の作風を持つ作曲家に変えるという天才的と言っても良い通俗的なアイディアを示したのだったが、それはさておき、マスコミというかメディアで話題のスター作曲家の成功（両者とも、自分とは違う存在になりすましている）が砂の器のように崩れる、という、それ自体がとてつもなく通俗的なイメージによって、私はふと佐村河内守の騒動から、映画『砂の器』全篇に流れる「宿命」の旋律を思い出し、さらに「群像」四月号でたまたま、片山杜秀という政治思想史、音楽評論家が三善晃について書いている（「鬼子の歌⑷――近現代日本音楽名作手帖」）論考の冒頭に『砂の器』というタイトルを見つけたのだった。

　こうなった以上、私としては未読の『砂の器』を新潮文庫の上（平成二十三年百七刷版）と下（平成二十年九十九刷版）で発行部数があきらかに異る推理小説を読むことになり、ついでに佐村河内守『交響曲第一番――闇の中の小さな光』（幻冬舎文庫　平成二十五年初版）も読むことになったのだったが、まず、『砂の器』というタイトルで語られた物語がどのように評論家や学者によって紹介されているかを見ておくことにしよう。

　国文学者の小森陽一は、この小説について「社会の頂点に登りつめかかった者が過去の犯罪の秘密の暴露によって没落しきるプロセスを追いかけていくストーリー」で「加藤剛さんの主演で映画として流行ったときと、ＳＭＡＰの中居くんがテレビドラマで主人公をやったときと、観客の見方の力点は大きく違っていた」と、知人の俳優が出演していたかのように、さん付けくん付けで指摘する。
「ハンセン病に対する差別のなかで、その出生の秘密を隠しとおそうとすることに力点が置かれた映画に対して、今回のドラマではむしろ没落と破滅の恐怖におびえる主人公の心理的プロセスをざまあみろという気持ちで視聴者は観たのではないか」と語り、歴史学者の成田は、「同じ『砂の器』でも、原作（一九六〇—六一年）と映画（一九七四年）といまのテレビ・ドラマ（二〇〇四年）では微妙に設定が違ってきています」と、さらに間の抜けたことを発言しつつ、専ら日本の戦後史の凡庸な見取図を説明するのだが、政治思想史兼音楽評論家の片山は、三善晃の音楽について書く（「三善晃のオペラ『遠い帆』（下ノ一）」にあたって、軽い乗りを表現したい時や、ある種の学者が専門外のエッセイを書いたりする時に使用する、です・ます体で体言止めの多い文章で「『砂の器』。松本清張の長編小説。映画にもテレビ・ドラマにもなりました。島根県の亀嵩という土地の名を上手に用いた作品」と、無気味な調子で続けるのだが、よほどこの陳腐にあからさまなタイトルが不思議に思えるらしく、「『砂の器』。とても不思議でしょう。だってありえないのですもの」と、原作の時代当時の女性言葉のような、おっとりしたカマトト口調で愛らしく小首をかしげてから、清張は『ゼロの焦点』『波の塔』『霧の旗』といった「矛盾し断絶する言葉を組にすることにこだわ」ったタイトルを推理小説に付けたと指摘し、『砂の器』について「作曲家が自らの立場を守るために殺人を犯す。野村芳太郎監督の映画では、芸術のための殺人という映画独自のモティーフが強調されましたけれど」と、説明する（引用文中の傍点は金井）。

現代音楽家の三善晃はテレビアニメの『赤毛のアン』の作曲などもしているそうだが、アニメは見ないし、音楽方面にうとい私としてはこの現代音楽家の名前を久しぶりに見たのが、新垣隆が三善に師事していたという週刊誌の記事の中でだったほど、現代音楽にほぼ無知な（うえに、ついこの四月に初めて『砂の器』を読んだ）私でさえ（十年前に佐藤泉論考によって初めて知ったとはいえ）、小説の『砂の器』の犯人が、ミュージック・コンクレートや電子音楽の前衛音楽家だということを知っているのだから、政治思想史研究者であるばかりか、音楽評論家でもある片山としては十一ページもの長さの「群像」四月号の連載中に、小説中の作曲家のリサイタルで演奏される曲（「第八章　変事」の4で細かく語られるその曲名も「寂滅」という）についても、とりあえず触れるべきではなかっただろうか。

佐藤泉は「短絡的なモデル問題を発生させるようには作られていない」と書きながら、'50年代の日本のミュージック・コンクレートの作曲家、武満徹や黛敏郎の名をあげ、「寂滅」というタイトルから黛の「涅槃交響曲」に連想が向うものの、「戦争と敗戦の混乱をはさんでなお正規の音楽教育を受け得るという由緒ただしい文化資本に支えられている」黛ではなく、一歳の時に大連に渡り、戦時下を通して音楽体験を持たず、ほぼ独学で音楽を学んだことが「美しいエッセイによってよく知られる」、「武満モデル説」を取りたい理由を、当時、「若い日本の会」のメンバーを中心におこなわれた討議と純文学論争に結びつけて語るのだが、それはそれとして、「純文学論争」という名で呼ばれる論争の「火付け役は、一般に言われるように平野謙でなく大岡昇平だったのかもしれない」とする佐藤の鋭い視点も、日本文学の研究者にまかせて、私が疑問に思うのは、一体、佐藤泉を除いて誰が

『砂の器』を読んだのだろうか、ということだ。

佐藤が論考中で触れている『常識的文学論』（一九六一年「群像」に連載）の中で、大岡昇平は再三、ベストセラー作家の松本清張に触れ、ベストセラーの『砂の器』も読んでしまった、と書くものの、相変わらずの清張ぶりなので「飛ばし読み」で、「ちぇっ、また味噌汁のぶっかけ飯の好きな老刑事か」と刑事の「家庭生活の頁」を飛ばしながら「全国を股にかけて歩く彼の丹念な捜査のあとを追う」のであり、この小説が音による殺人であることに一言触れはするが、ようするに「飛ばし読み」であることを隠しはしないし、むしろそれを嫌味ったらしく強調する。

大岡は松本清張の「小説が読者にアピールするの」は「生な、荒々しいもの」として「敗者の運命」を「一応客観的に描かれ」ているが「彼のいわゆる即物性は、怨恨とか執念とか、人間の感情を、生のまま提示する」からなのだと批評する。しかし、「飛ばし読み」なので、現代音楽や「若い日本の会」らしきものの書き方の滑稽さについては触れていない。大岡が『常識的文学論』を書いた時『砂の器』はまだ映画化されてはいないから、大岡は映画と原作を比較することはない。

翌、一九六二年にはＴＢＳ系でテレビドラマ化（通算五回中の一回目）されているが、ウィキペディアの資料では大垣肇の脚本、ベテラン刑事が高松英郎、作曲家を夏目俊二、批評家が天知茂というキャスティングと記されているが、音楽担当スタッフの名が載っていないということは、記載漏れのミスでもあるだろうが、原作通り、殺人や堕胎の道具として電子「音」が使われていたのだろう。

当時マスコミでもてはやされていて、小学生だった私でさえその存在を知っていた、大江健三郎、江藤淳、石原慎太郎等の、警職法、安保反対の声明に集合した「若い日本の会」を思わせるフランス語と英語のまざった変な命名の「ヌーボー・グループ」として小説に登場する犯人の前衛作曲家とその仲間の批評家は、橋本・山田脚本のように改変（改良？）されてはいなかったはずだから、七四年の映画化以後、『砂の器』は、原作とはまったく別の物語として、広く国民に知られるようになったと考えるべきなのである。

音楽評論家の片山杜秀が松本の原作を読んではいないらしいと推測するのは、現代音楽家の三善晃論として書かれた論考に、松本の小説のタイトルを羅列しながら、『砂の器』における和賀英良のミュージック・コンクレート『寂滅』の**描写**が引用されていない不思議さのゆえであるが、現代音楽の論考として、いささか残念なことである。成田龍一と小森陽一の場合も、小説としての『砂の器』ではなく、一九七四年の映画と二〇〇四年のテレビドラマの違いについて語っている。原作を（ちゃんと読んで）詳細に分析する佐藤泉は『砂の器』の映画にもテレビドラマにも一言も触れていないので、おそらく映画・テレビ化によって原作の内容に輪をかけて大衆化されることで広く知られることになった「松本清張的な思想」というよりは、戦後の近代文学史の一分野の丹念で詳細な資料を分析した論考として読むべきだろう。

佐村河内守の「楽曲」を巡る騒動と、音楽関係者や文学関係者によるそれについての言及を読んで、私が思い出したのは、もちろん、小説の方ではなしに、原作をさらに大衆化して、エモい主題曲『宿命』を効果的に使った名作映画としての『砂の器』である。

余談だが、武田百合子はエッセイの中で、これを池袋の映画館に見に行くと、売店のおばさん二人に、今日はいい映画を上映しているので珍しくお客が多い、と言われたと書いていたが、私は『幸福の黄色いハンカチ』を同じ映画館で見た時（本当の目的は二本だての『瀬戸はよいとこ・花嫁観光船』（瀬川昌治）だったのだが）売店のおばさんが、同じ台詞で客に話しかけているのを目撃した。

さらに余談だが、音楽評論家の片山は「島根県の亀嵩という土地の名を上手に用いた作品」である「この小説や映画が好きで、亀嵩を訪ねたこともありました」と書く。それだけ人気の高いことはあって、この土地は映画化を契機に注目を集め、一九八三年には名作にふさわしく記念碑が建立され、碑の裏側には小説の冒頭部が刻まれている（「ウィキペディア」による）という。小説の冒頭といえば「第一章　トリスバーの客」の「1」のパートで、「国電蒲田駅の近くの横丁だった。間口の狭いトリスバーが一軒、窓に灯を映していた。」という、シナリオのト書きめいた一行で書きはじめられるのだが、これが本当に亀嵩の記念碑に刻まれているのだろうか？

私たちは、いずれにせよ『君の名は』の作者菊田一夫の名言を刻んだ碑があったことを思い出さないわけにはいかない。

「忘却とは忘れ去ることなり」

「砂の器」としての、いわゆる「クラシック音楽」2

二〇一四年七月

さて「ウィキペディア」によれば、その記念碑の裏側に「小説の冒頭部が刻まれている」という亀嵩にある「砂の器記念碑」だが、調べてみれば、碑に刻まれている文章は、新潮文庫の上巻の「第六章　方言分布」の「4」の書き出しから四行目にはじまる九行分の、簡単な地理的説明と、そこが算盤の名産地で部品を家内工業で造っている家が多かった、という、土地についての説明の文章である。

しかし、小説は未読で映画とテレビドラマのみでこの社会派推理小説の名作を知る者にも、この島根県の亀嵩という土地が、方言分布の中で飛び地のように東北なまりのいわゆるズーズー弁が話される土地として重要な意味を持つことはよく知られているはずなので、この碑文もまた、『砂の器』について語る人々と同様、なんとなくずれていい、ている印象である。

それはそれとして、いわゆる「クラシック音楽」である。

佐村河内守とそのゴーストライターの新垣隆が共作した曲を巡って一方の当事者による告白によってひきおこされた騒動がいかに今日的な芸術上の問題を内包しているかを鋭く意識する高橋源一郎は、エッセイの中に著名な作曲家の発言を引用する際、たとえば「(現代音楽の)作曲家、千住明さん」と、特別なカッコを付けて表記する。

佐村河内守はその著書『交響曲第一番――闇の中の小さな光』(幻冬舎文庫　帯には「逆境の中にいるすべての人たちへ「NHKスペシャル」、TBS「金スマ」で大反響!　いま日本中を大きな感動の渦に巻き込む現代のベートーヴェンの壮絶なる半生。」、カヴァーには「全聾《ぜんろう》の天才作曲家、奇跡の大シンフォニー誕生までの壮絶なる半生。」のコピー)の「文庫版あとがき」には、二〇一三年五月という日付けと「クラシック音楽作曲家　佐村河内 守」という、ふざけているとも見えるし、あっけらかんと無邪気な印象を与えるとも見える不思議な署名が著されている(傍点は、もちろん、引用者による)。

高橋が千住明を「(現代音楽の)作曲家」と、わざわざカッコを付けて表記するのとこれはどう違うのか?　佐村河内の「文庫版あとがき」を引用しよう。

「……《交響曲第一番〝HIROSHIMA〟》はCD化され、東京、京都、大阪など各地で再演が繰り返され、クラシック音楽のCDでは三万枚売れれば大ヒットという中、十七万枚という異例のセールスとなりました。オリコンチャートでは、Jポップの多くの作品を差し置いて音楽総合で第二位となり、クラシック音楽としては歴史的な大快挙だと称《たた》えていただきました。」

「クラシック音楽」とはどういう音楽のことなのか？

第二帝政期のフランスで「大衆化という名の事件」の一つとして、「今日的な意味でのクラシック音楽の演奏会」というものが「出現」したのだと『凡庸な芸術家の肖像』（一九八八年）で蓮實重彦は告げている。歌や芝居があるわけでもない「多くの演奏家たちが舞台にのぼり、ただ、指揮者のタクトのもとに音楽を演奏するというだけのための会場というものをたやすく思いつくことができない」し、「事実、管弦楽の演奏のために最初に選ばれた場所はサーカス小屋」で、「一八六一年に指揮者のジュール・パドルーが、「社会のあらゆる階層に古典音楽を浸透させるべく」最初のコンサートを開き、空中サーカスの施設が吊られたままの会場に多くの聴衆を集める。（略）それが事件と呼ばれねばならないのは、クラシック音楽の演奏会と呼ばれる形式は、以後、今日に至るまでいかなる構造的な変化も生きてはいないからである」。

「社会のあらゆる階層に古典音楽を浸透させる」という目的は、近代的な国民国家の文化政策としても、いかにもふさわしいのだが、最初のサーカス小屋でのシンフォニーの演奏会（註・一）からほぼ百年の後、フランソワ・トリュフォーの自伝的映画の中で、主人公のアントワーヌ・ドワネルは恋する女の子とのデートはままならないまま、感じの良い小市民である彼女の両親に気に入られ、夕食の後、市民公会堂のクラシックのレコード・コンサートへ一緒に行くことになる。

　多勢の演奏家たちが舞台の上で指揮者のタクトのもとに演奏するクラシック音楽を聴くのであれば、聴衆は楽器や演奏家や指揮者の後姿と、たいていの場合大仰な、華麗とも称されたりするタクトを振るアクションの観衆にもなれるのだが、二十世紀半ばのある一時期、舞台の上には曲の解説を喋る司会者がいるだけで、レコードは不可視の音響室から会場のスピーカーで流れるだけのクラシックのレコード・コンサートというものがあって、それをラジオで全国に放送していたのだった。レコードという二十世紀的装置が介在したとしても、クラシック音楽の演奏会はたしかに「いかなる構造的な変化も生きてはいない」のだ。

　クラシックのオーケストラという、指揮者を頂点として音楽を演奏する集団は、文化的な市民社会にも自由で民主的な国家にも不可欠なものとして、ハリウッドでは大ヒット映画も誕生する。

　戦前のニューヨークで、経済恐慌によって失業した演奏家たちを集めてオーケストラの組織を再編させるのは、演奏家を父親にもつ歌唱の才能と共にビジネスの才にも恵まれた可憐な美少女ディアナ・ダービンで、彼女は自分たちのオーケストラを、当時人気絶頂だった有名指揮者レオポルド・ストコフスキー（ディズニーの戦前のカラー・アニメ大作『ファンタジア』は、ストコフスキーの指揮するフィラデルフィア管弦楽団によるクラシックのポピュラーな名曲を、ミッキー・マウスが紹介する）のタクト、会場はカーネギー・ホールという形で成功させるのだったし、戦後の日本の地方都市でのオーケストラ活動の実話にもとづく苦労話を社会派の今井正が監督した『ここに泉あり』(’55)は、いわば、クラシック音楽が社会のあらゆる階層に浸透させるべき高級な文化であり平和と民主主義でもあるかのように、生真面目に描かれている。

世界的スターとしてのクラシックの人気演奏家や歌手は二十世紀的発明の映画とレコードを媒介として戦前からいたけれど、クラシック音楽といえば、その頂点のヒーローは二十世紀において、指揮者だろう。いわゆるクラシックの有名作曲家は、すでに死んでいる。ベルナルド・ベルトルッチの『1900年』の冒頭、一九〇一年、まさしく二十世紀の最初の年に、村の道を道化のコスチュームを着た男が「ジュゼッペ・ヴェルディが死んだ」というニュースをふれまわるのである。イタリアでは偉大な作曲家が死ぬのと同時に二十世紀がはじまったと、ベルトルッチは語りはじめるのだったが、交響楽団の指揮者がある時期までいかに大衆的なヒーロー的存在であったかは、実在の有名スター指揮者の名を列挙するより、たとえば、アメリカの巨大サーカス団の大統領でもあるかのような団長であったばかりか、十戒を授かるモーゼ、教皇と対立するミケランジェロ、中世の詩にうたわれたムスリムと闘う伝説の騎士エル・シド、フランスのアカデミーを創立したリシュリュー枢機卿、猿の惑星に不時着する宇宙飛行士でもあったチャールトン・ヘストンが、ドイツ軍に捕えられたアメリカの高名指揮者でもあった(「誇り高き戦場」)ことによって証明されるだろう。

そして、前世紀の半ば、松本清張は『砂の器』の連続殺人の犯人として、時代的にはすでに死んでいる過去のクラシック作曲家ではなく、時代の最先端の流行現象の一つであった現代音楽のミュージック・コンクレートや電子音楽の作曲家を選ぶという、正当な時代感覚を持っていたわけでもある。『砂の器』は一九六一年に出版されているが、一九五六年の溝口健二の遺作『赤線地帯』の黛敏郎の作曲した電子音楽による映画音楽は大変な話題になったもので、当時、小学校低学年だった私でさえそれがマスコミの「話題」であったことを（母が話題の映画を見に行った感想を通して）覚えている。

そして、黛はその八年後の東京オリンピックではテーマ曲を作曲し、梵鐘を使用した音作りを行ったのだし、『涅槃交響曲』（'58）にも、もちろん鐘が用いられていたのだった。佐村河内・発注、新垣・作曲の『交響曲第一番』を聴いて、高橋源一郎は「三楽章のエンディングで鐘が鳴るのには、びっくりした。ベタすぎる……。マーラーだって、そんなことはやらないだろう」という感想を抱くのだったが、しかし、現代音楽家の黛敏郎は、最後のロマン派マーラーとは違って、鐘をはなばなしく鳴らすのであった。

松本清張が『砂の器』を書いた時代、時代の寵児としての若い芸術家を、自分を守るために罪を重ねる殺人犯として選ぶとすれば、どんな芸術分野がふさわしかったか。画家では、まだあの帝銀事件の記憶が生々しいし、それにこの事件については松本はすでに書いている。小説家では同業であるだけに、大岡昇平の松本を評する際の重要なキーワードの「ひがみ」が、つい露わになりそうだし、それに私小説の告白の伝統（とはいえ、たかだか大正時代にはじまった短い歴史）があるから、出自を隠すためや、偽りの自己を守るために殺人を犯すという設定も不向きである。しかし、大西巨人は、ある程度優秀な小説家が、同業のずっと秀れた小説家を「ひがみ」と「虚言癖」によって殺す推理小説（『三位一体の神話』（一九九三年））を書いていて、被害者と犯人の関係は『アマデウス』におけるモーツァルトとサリエリの関係に比べられたりもするのだ。批評家は生意気でえらそうな言動の裏に「ひがみ」や「ねたみ」や「権力欲」があるという悪役の犯人像にはふさわしいものの、あまりにもベタすぎて興醒めだし、といった様々な理由で「前衛音楽家」が選ばれたのにもかかわらず、映画化の際、「ロマン派的傾向のピアニスト兼作曲家」に変更されることになったのは、すでに触れたように、橋本忍の天才的に大衆的な発想を受けて、通俗的シナリオとして体現した山田洋次持ち前のの才によるものだろう。

橋本忍がシナリオ構成のアイディアを語ったエピソードを山田は伝えている（「ウィキペディア」）。原作にはほんの少しだけしか書かれていないハンセン病の親子の浮浪者が「日本中をあちこち遍路する」ことを「ポイントに」据え、主人公の作曲家が自分の曲を指揮するコンサートの日、「指揮棒が振られる、音楽が始まる。そこで刑事は、和賀英良がなぜ犯行に至ったかという物語を語り始め」「音楽があり、語りがある、それに画が重なって」いわば、「人形浄瑠璃」の舞台のような構成なのだ、と橋本は語ったそうだ。「ウィキペディア」の書き手が、「映画版の特徴」として、この大仰さに身の毛もよだつ者もいそうなロマンチックな「音楽」をどう説明するかは、前回で触れたが、それがどのように名曲であったかは、たとえばふと眼にした、週刊誌「アエラ」の六月二日号の表紙の裏の黒を基調とした女性指揮者とピアニストの重々しい写真を使用した「ビルボード・クラシック」の文字通り時代遅れ《クラシック》な印象の広告ページを見ると、さらに得心が行く。「ザ・シンフォニーホール」で六月二十二日、映画『砂の器』公開40周年記念の組曲『宿命』の演奏会（他のプログラムは、芥川也寸志の「弦楽器のためのトリプティーク」、そして、当然といえば当然の、ラフマニノフの三曲）が行われるのだ。

「二〇一四年初夏、奇跡の東京公演（三月三十日）を経て「砂の器」のテーマ曲、組曲「宿命」の全曲演奏会が大阪で実現！　現代の日本を代表する音楽の担い手によって、かつてない音楽と人間の絆を描く宿命の響きが、四十年の歳月を越えて現代に甦ります」

　佐村河内の『交響曲第一番』を巡る騒動で、『砂の器』の主題曲であった組曲『宿命』を思い出したのは、私だけではなかったのだ、と言いたいところだが、もちろん、このコンサートはそうした連想によって開かれたわけではなく、映画『砂の器』公開40周年の企画として行われたのにすぎないのだが、この広告が、三月三十日の東京公演来場者の「声」として使用している50代と60代の女性の感想は、この曲を聴くと映像（父子が巡礼の姿で各地を放浪するシーン）が眼に浮かんで涙が流れるというもので、橋本忍が浄瑠璃の舞台の構造からヒントを得たアイディア（三味線と義太夫による語り、人形の演技が一緒になって見る者を泣かせもするし、観客は横長の舞台のどこを見てもいいのだ）が、完全に原作を超えてより大衆的であったことを語っているようにも見える。

また、後期ロマン派以後の、いわゆる交響楽団によって演奏される「クラシック音楽」と呼ばれる類いの曲にかぎらず、音楽が歌劇や喜歌劇やミュージカルの舞台の伴奏を踏襲しつつ、当然のこととして映画の映像に附された時から、音楽は歌劇の物語だけではなく、より強く映像《イメージ》を想起させるものになったのだし、トーキー発明以後、ハリウッドで映画音楽に携わったいわゆる「クラシック音楽」系の作曲家は多数存在するし、新垣隆の証言によれば、『交響曲第一番』の大成功の後、佐村河内は、国際的成功を夢見て、次はハリウッドだ、と語っていたそうで、高橋源一郎は『交響曲第一番』を聴いて「まるでハリウッド映画みたいな、という感じもした。いや、確かにエモいぞ、この曲は」と書いてもいるが、それこそはまさしく佐村河内の意図したものだったわけで、その意味では高橋の感想は、佐村河内には誇らしく嬉しいものと言えそうである。しかし、むろん、ハリウッド映画の音楽にはそんな夢見るような生やさしくはない歴史があるのだ。(註・二)

メディアは、佐村河内やらSTAP細胞の小保方晴子について、耳にするのが真新しく響くばかりか金銭とも深く関わる感動的な「物語」に対して極端に弱く、批評能力というものをほとんど持たないのだが、だまされるのは、あなた達も含めた「私たち」だ、という共通の認識を持ち出して、「裸の王様」を糾弾する。なにしろ、消費者としてならば、いつだって王様である「私たち」としても、多少は反省のふりはしてみせるのだ。

たとえば新聞は社説で「包装紙よりも、中身の価値にこそ細心の注意を払う。そんな心眼をもつ社会でありたい」と書き、紋切型にさえなっていない生煮えの「物語論」を語る作家や哲学者の「オピニオン」を載せ、三十歳のリケジョが万能細胞を発見したり、全聾の作曲家の魂の旋律といった「物語」にひかれる「私たち」は、さらにそうした「物語が崩れていく様子」を見せる「新たな物語」を好むという「そんな物語の消費社会」に生きている、と考えたりもするのだから(「消費される物語」朝日新聞14年4月22日)、『砂の器』が原作の小説ではなく、「宿命」というタイトルの組曲のイメージと「虚偽の物語が崩れていく様子」を語る映画やテレビのドラマとして批評家によって語られることに、大した違和感はないはずなのであった。

あらためて、クラシック音楽の演奏会は、そして、それを巡る物語も含めて「いかなる構造的な変化も生きてはいない」のである。

註・一　一方、音楽の都ウィーンを擁するオーストリアや、ベルリン・フィルで名高いドイツはと言うと、フランスでのオーケストラの成立よりやや遅れて、同様のことがおこなわれる。十九世紀後半のドイツ・オーストリアの工業化による大量の労働者の都市への流入による人口増加にともなって、音楽の大衆化がはじまり、ビア・ホールなどで軽音楽を演奏するグループが数多く出現し、さらにいわゆる「高級音楽」が大衆に普及するようになり、そうしたビアホール・オーケストラから脱退したメンバーが一八八二年にベルリン・フィルを設立し、その専用ホールは同年、巨大なスケートリンクを改築して作られたという（『リヒャルト・シュトラウス』岡田暁生、傍点は引用者による）。シュトラウスについて岡田は「二十世紀を生きざるを得なかった十九世紀ロマン派の最後の生き残り」であると同時に、もし彼の存在がなかったら「シェーンベルクの無調からハリウッド映画音楽に至る、二十世紀音楽の語法の大半が存在し得なかっただろう」と書いているが、映画とシュトラウスの名を聞いて、大方の者が思い出すのは、リヒャルトの「ツァラトゥストラかく語りき」の鳴り響く猿人の映像から、ヨハンの「美しく青きドナウ」の心地良いワルツの流れに浮かぶ宇宙船に移る『２００１年宇宙の旅』だろう。

　しかし、この文章とはいささか無関係に、映画とリヒャルト・シュトラウスのエピソードならば、『ルビッチ・タッチ』（H・G・ワインバーグ　宮本高晴訳）に収められているルビッチの脚本家ウォルター・ライシュのインタビューで語られていることが、私には興味深い。ウィーン風なオペレッタを、さらに洗練されたミュージカル映画として撮ったルビッチが、一九三六年頃、リヒャルト・シュトラウスのオペラ『ばらの騎士』（台本はホフマンスタール）を撮ることを強く望んでいたことが語られている。元帥夫人役はジャネット・マクドナルド、オックス男爵にエミール・ヤニングスが予定されていたものの、肝心のばらの騎士・オクタヴィアンのキャスティングに難航してしまう。演じるのにぴったりの俳優がいないのだ。ルビッチがイメージしていたオクタヴィアン役にふさわしいルドルフ・ヴァレンティノは、すでに死んで十年以上がたっていた。

ところでこのオペラは、奇妙なことに、サイレントで映画化（『カリガリ博士』の監督ロベルト・ヴィーネによって）されている。むろん、ホフマンスタールの原作の魅力によるわけである。一九三四年にシュトラウスはゲッベルスから〈帝国音楽局総裁〉に任命されていたことが、ルビッチを「ばらの騎士」の企画から遠ざけたのも確かだったのだが、終戦後、ウォルター・ライシュの開いた日曜の午後の恒例の食事会（「ばらの騎士」の主役を演じてルビッチが魅惑されたソプラノ歌手ジャルミラ・ノヴォトナという美しい令嬢が出席していた）で、「キャスティングのカンでは神業めいたものを持つ」マレーネ・ディートリッヒが、ニースで見てきたばかりの映画、『肉体の悪魔』に出演していた若い男優の魅力を語るのを聞いて、ルビッチと脚本家はすばやく視線を交わし、ライシュにはルビッチが「ばらの騎士」のオクタヴィアンを連想していたことが、すぐさまわかったのだ。それからほぼ一年後、このエピソードの語るなまめかしい偶然はさらに、「どんな映画もこれ以上にすべての伏線がひとつに合致した完全な終局というものをもったことはないだろう」という一つのラスト・シーンをむかえる。一九四七年十一月三十日、ルビッチの友人のマーガレット・ワイラー（ウィリアム・ワイラーの夫人）の主催する自宅でハリウッドに届いたばかりの『肉体の悪魔』の映画上映会が行われ、そこにはハリウッドの、いわばきらめく星座のようなビッグ・ネームの招待客の顔がそろっているのだが、ルビッチの顔はない。その日、ウォルター・ライシュの家に隣接した自宅でルビッチは死んでいたのだ。「ばらの騎士」に最もふさわしい俳優ジェラール・フィリップをスクリーンで見ることはなく——。

そのジェラール・フィリップは、シュトラウスの「ばらの騎士」とは異るとはいえその後、「騎士」的な役を何回も演じているのだが、日本で公開されなかった『ティル・オイレンシュピーゲルの冒険』（'56年）で主演・脚本・監督している。私は十代の半ば頃、テレビで放映されたのを見たのだが（ブリューゲルの絵を元にした中世の風景と風俗と、ティルに扮したジェラールのスマートなスケーティングしか覚えていないのだが）、この映画はリヒャルト・シュトラウスの交響詩を使用していたのではなかったか、と思ったのだが、DVDで調べると音楽はジョルジュ・オーリックである。ジェラールは自分がルビッチに、ひそかに「ばらの騎士」にキャスティングされていたことを、むろん知らなかっただろう。

ワインバーグのライシュへのインタビューは一九六七年だが彼等がジェラールの『ティル・オイレンシュピーゲルの冒険』を知っていたかどうかは、わからないが、何かが「完全な終局」をむかえたと思った後でも、さらに蛇足かもしれない何かを、リヒャルト・シュトラウスという名は映画に付け加える存在なのかもしれない。

註・二　『ハリウッド帝国の興亡』（オットー・フリードリック　柴田京子訳）によれば、たとえば、大プロデューサー、セルズニックのような、必要とする人間を片端から金で買った人物は、それだけに「確固とした考え」を持っていて、「彼らが考える真に卓越した音楽家とは、エーリッヒ・ヴォルフガング・コルンゴールドのような人物」であった。彼が十代で作曲したオペラはウィーン国立劇場で上演され、マーラー、リヒャルト・シュトラウス、プッチーニらの賞讃を受けたが、映画音楽としての、そのスコアは「ラフマニノフとはいわないまでも、ブラームスを華麗にメロディアスに模倣したようなもの」であることを、私たちは知っているし、高橋源一郎が思い浮かべる「まるでハリウッド映画みたいな」メロディーとは、このようなものだろう。

しかし、'14年3月19日の朝日新聞の文化面の記事に「名前すらほとんど聞かない現代作曲家」の曲が「日本各地で、ほぼ同時多発的に演奏されている」として、コルンゴールド（記事ではコルンゴルト）が紹介されている。

私見（私聴?）では、ただガンガンと絶間なく勃起して響きわたる不快で大仰な伴奏音楽という印象の曲なのだが、もちろん、クラシック音楽の一部の通の間では高く評価されていたのだ。記事には、新国立劇場の尾高忠明芸術監督の「コルンゴルトに光を当てたい」との「悲願」や、音楽評論家（東条碩夫《ひろお》）の「正統的なクラシックのエッセンスを礎にする、現代の映画音楽の源流。彼なくしてジョン・ウイリアムズ『スター・ウォーズ』のあの音楽は生れ得なかった」という意見や、日本フィルを率いる山田和樹は「クリムトの絵を彷彿とさせる退廃美と『ジュラシック・パーク』の音楽さながらのカタルシスが、違和感なく自然に同居している」と評する言葉が紹介され、記者は、結論として、「耳に快い曲ばかりとは限らない」実験的な20世紀の現代音楽もあるので、「同時代の作曲家」は積極的に紹介したいものの「聴衆を辟易させたくもない」といった「ジレンマに悩む演奏家たち」が、「一流の現代音楽でありながら、大衆の心をつかむ俗っぽさと華やかさも兼ね備えたコルンゴルトの響きに吸い寄せられている」と書いている。

佐村河内の「クラシック音楽」を説明するために、高橋源一郎は、手っとり早く、コルンゴールドの名を使用してもよかったかもしれない。

構造はやはり何も変わらない1

二〇一四年八月

一八六一年、第二帝政時代のフランスでクラシック音楽の演奏会というものがサーカス小屋で行われて以来、それは「いかなる構造的な変化も生きてはいない」のだが、しかしなぜ、クラシック音楽は「社会のあらゆる階層」に「浸透」させるべきものであったのか。

戦前や戦中のことは知らないが、ベルトルッチの『1900年』で、ヴェルディの死とともに告げられた二十世紀も半ばに生れた子供である私たちの小学校の音楽教室の壁面には、歴史的な「クラシック音楽家」たちのカラー印刷の肖像画（どこかボヤけインクが滲んでいるような印象の）が金色の金属の画鋲（今では、頭部がプラスチック製のものが多くてほとんど見かけることのない）で四隅を止めて張られていたものである。それはまさしく、バッハとヘンデルの古典派、モーツァルト、ベートーヴェン、シューベルト、ショパン……と続き、ヴェルディで終るはず（！）なのだが、日本の洋楽というかクラシック作曲家の代表として滝廉太郎の肖像が張られていたものである。そうした「音楽」であると同時に「顔」でもあった学習すべき教材というか教養は、学習の場から排除すべきものとして下品な歌謡曲を名指したものであった。

　下世話な流行歌を学校で歌ってはいけないことは、戦前の教育を受けた学童には常識だったのだが、戦後生れの六・三制の小学生たちには、改めて教育上言及する必要のあることだったらしい。私たち小学生が学校で歌うことを禁じられていたのは、春日八郎の歌う爆発的にヒットした「お富さん」（昭和29年）で、それまで私は、「学校で歌ってはいけない歌」というものがあることを知らなかったのだが、「お富さん」も、それより少し前に作られた西条八十作詞の芸者ソング（「トンコ節」、「ゲイシャ・ワルツ」）にしたところで、歌詞の男女関係の世話物性を差し引いて、誰でも歌える単純な覚えやすいメロディーとリズムについて言えば、「あんたがたどこさ」や「せっせっせのヨイヨイヨイ」や「ズイズイずっ転ばし」の遊び歌とほとんど変っていないのだ。

　小津安二郎の『お早よう』（昭和34年）で、近所の若い夫婦（キャバレーのホステスとヒモ的亭主）の家でテレビのすもう中継を見てはいけないと言われた少年（設楽幸嗣）が、じゃあテレビを買ってよと父親に要求すると、言下に父権的調子で駄目だと言われ、子供たちは親の抑圧的で形式的な物言いに腹を立てて、寝そべって反抗的に「お富さん」を歌い、なんですか、そんな歌を歌って、と母親に叱られるのだったが（という記憶があるのに、見かえしてみれば子供たちは寝ころんで足をバタバタして騒ぐだけであった……）、私の個人的な体験では、当時の小学生は一九五〇年代の後半、日劇ウェスタン・カーニバル系のロックンロールを流行歌として好んでいたはずで、だからこそ、反抗の身ぶりとしてこの曲が歌われるのは納得がいくのである。

余談だが、当時の小学生にはプレスリーの「監獄ロック」のようなリズムの曲を歌うのはむずかしかったが、ポール・アンカの元歌を平尾昌晃が歌った「ダイアナ」はテンポがスローだったから、放課後、教室を掃除する時、ホーキをギターに見立てて歌うのにぴったりだったし、それが禁止されていたという記憶もない。学校で歌っていけない歌が「お富さん」で、他の流行歌でなかったのはなぜなのだろう。ギターという楽器は、その当時、ジーパンとともに不良と結びついていたグッズだったにもかかわらずである。

それはともかく、いわゆるクラシック音楽というものが、「お富さん」は禁止でウェスタン・カーニバル系ロックンロールは禁止からさえ除外されていた地方都市の小学生にとって、どういうものだったかと言うと、今井正監督・水木洋子脚本の映画で知られることになった群馬交響楽団が、小学校の講堂で演奏する移動音楽教室（という名称だったような気がする）で、ポピュラーな名曲の演奏（どんな曲だったのか記憶にない）と、テノールかソプラノ歌手の歌う童謡と民謡という押しつけがましい教育的プログラムだった。

戦後、移動音楽教室や演劇教室という教育プログラムというか制度は全国的に行われていたらしく、同世代の書き手（誰だったのか覚えていないのだが、音楽批評方面だったかもしれない）が、突拍子もない奇異な高音の発声で突然叫び出すように歌われる童謡（私の記憶では、ある日せっせと野良稼ぎ、ではじまる「待ちぼうけ」を歌うソプラノ歌手の異様さは、たとえば、全然関係はないのだけど、後年、イヨネスコの『禿の女歌手』というタイトルを眼にしたり、カフカの『歌姫ヨゼフィーネ』を読んだ時、反射的に思い出されたものである）を、笑いを必死にこらえて全身がむずがゆくなった経験として書いていて共感したものだった。

『ここに泉あり』（'55年）はキネマ旬報社の『日本映画作品全集』には「音楽を庶民の中に浸透させ、大衆のものとする過程を今井正監督はよく描いており、見るものにほのぼのとした明るい気持をいだかせる」と解説されているが、山田耕筰が特別出演（まったく、記憶になし）しているのは、むろん『オーケストラの少女』におけるストコフスキーの真似なのだろうが、小学生の頃、移動音楽教室と同等に制度化されていた映画教室で『ここに泉あり』を見た私の記憶に残っているのは、楽団員が山奥に隔離されていたハンセン病患者の施設を訪れて演奏するという、当時の言葉で言えばヒューマニズム的な感動シーンで、当時の成人ならば、昭和十五年に豊田四郎監督で映画化もされた、瀬戸内海の施設で働く女医小川正子の手記『小島の春』を思い出すのであり、言うまでもないことだが、橋本忍・山田洋次による『砂の器』のストーリーのより大衆的な改良（？）は、先行するこの二本の映画と密接な関連があるだろう。

クラシック音楽は、その理由ははっきりしないのだが、庶民階級にまで浸透させるべき（多分、高級な）文化であり、それはまた、不幸だったり悲惨だったりする境遇にいる人々を慰めたり励ましたり癒したりする〈力〉を持つ音楽でもあると考えられている。前世紀後半の大きな戦争以後、何度となくたとえばクラシック奏者によるチェロの音色がスペイン民謡の「鳥の歌」を荘重に奏でて平和を訴えたし、「言葉」というコミュニケーションのさまたげともなる壁を持たない音楽は、本質的な音の力があり、音楽そのものに罪はないのだと、イスラエルでワグナーの曲の演奏が試みられるだろうし、災害地の人々の心をいやすために演奏する多くの者たちもいれば、災害地にまでは出かけず、チケット代を被災地に寄附する演奏会も開かれるわけである。

いわゆるクラシックの演奏だけがそうした力をそなえているというわけではなく、音楽というものには、とりあえず国境やヒエラルキーやジャンルはないという建前が、大きな災害にあった土地や、王の即位何十周年といった国家的祝祭空間において、誰が何を演奏したかによって確認されるのだが、そこには時代を反映させる文化的潮流というものがあるので、テレビのニュース（的）番組の中で私が耳にした現代の作曲家の音楽は（NHKの流しつづけている「花は咲く」は別として）、伊東豊雄の新鮮な発想が注目された、木造の「みんなの家」におかれた被災したピアノで坂本龍一が弾く「メリー・クリスマス、ミスター・ローレンス」のエスニック風メロディーだったような気がするのだ。軽く、そっと繊細に、ピアノのキーに触れる作曲家であり演奏家でもある者の、言ってみれば、思考する指？　傷ついた被災地のピアノから流れる、小さい可憐な黄色い小鳥《イエロー・バード》の囁くような囀りのようでもあるメロディーは、ふと、ラヴェルのオペラ『子供と魔法』のオリエンタルなメロディーの「シナの陶器人形」の中に、不意にさしはさまれる奇妙な発音の日本語〝セッシュー・ハヤカワ、ハラキーリ〟を思い出させるのだが、それはまたそれとして、佐村河内守はヒロシマというタイトルのシンフォニーの作者であるクラシック音楽作曲家なのだから、もちろん、被災地へと向かうのであった。『交響曲第一番』文庫版あとがきで、彼はこの曲が東日本大震災以後、被災地を中心に、〝希望のシンフォニー〟と呼ばれており、「闇に落とされてしまった被災地の方々の心を癒し、希望を感じ取っていただけたという事実」を言いたてたのだったが、それがどういう曲であるかどうかはまったく別の問題としてＡＫＢ48であれ演歌であれ、佐村河内守と同じ理由によって、そして、「芸能人だから」という理由で芸能人たちは被災地を（音楽で癒すべく）目ざすのである。

音楽には、癒すのと同時に、何かを感化することが期待されているのだが、小学校の移動音楽教室と映画教室（視聴覚教育という概念に分類されるのだろう）で学んだものがあったとしたら、ほとんどの小学生がそう思ったように、学校のおすすめのものは、滑稽か真面目すぎるか、幼稚すぎて退屈、という事実であり、被災地の音楽ボランティアに関しては、東日本大震災からほど遠くない時期、永六輔が毎日新聞のコラムに、阪神淡路大震災の時に聞いた例として、疲れきって音楽など聴く気になれないでいる被災者のために、音楽ボランティアの演奏を聴くボランティア、というものがあったと書いていたのを思い出す。私たちは、人々の〈善意〉というものに対して、〈大きなお世話〉とは言えず、〈感動〉という物語を読みとるように教育されているのだろう。

あの突拍子もない悲鳴のような高い声で、歌われているのが、ちゃんと働かなければいけないという説教でできた童謡の「待ちぼうけ」だと気がつくまでに要する時間も含めて、歌い手への礼儀上笑ってはいけないという常識なら、小学生の子供だってすでに持っている。〈教育〉とは、それを笑ってはいけないという単なる礼儀以上に、クラシック音楽は高級な社会的価値《ものがたり》なのだと浸透させることだろう。そこでは、クラシック音楽とは物語の別名である。

トリュフォーの映画の中で、アントワーヌ・ドワネルが、文句も言わずにクラシックのレコード・コンサートに行くのは、教養のためではなく好きな女の子の両親に対するマナーのためなのだし、『ピアニストを撃て』のシャルル・アズナブールがクラシックの演奏家をやめたのは、自分の名声が、コンサートの興行主に妻が身体を売って得たものだったことを知ったからであったし、ハリウッド映画の音楽として、情熱的で悲劇的な恋の昂揚をフルオーケストラをバックにピアノで奏でつづけてきた、ロマンチックで通俗的なラフマニノフの曲は、ウィリアム・ディターレのメロドラマの名作『旅愁』では、ラフマニノフの曲をピアノで練習しているジョーン・フォンテインの指が、いつの間にかもっと自分たちの恋にふさわしいクルト・ワイルの「セプテンバー・ソング」のメロディーを弾きはじめる。しかし、それも全ては前世紀の出来事にすぎない。
ささやかなことにすぎないだろう。女主人公は、結局、毒々しいまでに扇情的で、キッチュなクラシック作曲家ラフマニノフのピアノ協奏曲の美人演奏家になる未来を選ぶのだが、ウォルター・ヒューストンが軽く飄々と歌うクルト・ワイルの曲が、ラフマニノフにぴったりと張りついて、私たちの記憶に残るのは――。

自らを、単に「作曲家」ではなく「クラシック音楽作曲家」と名のらずにはいられなかった佐村河内守の注文通りに陳腐な曲を作曲した新垣隆について、高橋源一郎は、優等生気分で、自分を意識的な小説家と思っている者ならこう考えるだろうという、いわば典型的な解答のように記す。
「見当外れな佐村河内の情熱を、もしかしたら、新垣隆は、微笑ましくも羨ましく思」い、それは「いまとなっては不可能な「芸術家」像」であるにもかかわらず「芸術と芸術家（と聴衆）の間に、親密な関係が可能であった時代に無理矢理、時計を戻そうとする、インチキ臭い男」を見捨てておけず、古い「物語」を「鼻であしらえない自分に、新垣隆は驚いたのかもしれない」と「わたしは思うのである」（「ニッポンの小説・第三部　心は孤独な芸術家」「文學界」二〇一四年四月号）。

過去を否定して（単純に？）先走りすぎた現代の芸術家たちのたどりついた場所に、彼等より後から来るはずの連中が「来なかったのである。今回は。ほとんど誰も」と、高橋は若い詩人のいかにも陳腐な紋切型に現代詩的用語をつらねた現代詩（月並み俳句という慣用句があるが、現代詩もそのようになっているかも、と高橋はおずおずと考えているらしい）を例にあげながら「比喩的に」言い、その「孤独」な場所の「芸術家」に「佐村河内」が囁くという構図を思いつく。

思えば、松本清張が『砂の器』の中で、それなりに現代音楽という限定された世界では名の知れた作曲家の先行者である前衛音楽家という存在を、単に戦後の日本の時代の流行児から、もしかすれば世界的名声を得るに違いない名士となるはずの自分を守るために殺人を犯す人物として描いたのは、当時の難解な理論的装いを持つミュージックコンクレート的前衛音楽に対する一般的な庶民的敵意と軽蔑を含んだ冷笑的気分のあらわれでもあっただろうし、大衆相手ではない純粋芸術に対する流行作家のヒガミ（大岡昇平的には）でもあったかもしれない。

しかし、これは、華やかな前衛芸術家たちがずらりと顔を並べた芸術映画『砂の女』なんかではなく、砂は砂でも『砂の器』なんだ、とシナリオ・ライターの橋本は考え、あくまで情念的なロマン派的な音楽、その名も「宿命」によって映画に物語の生命を吹き込むだろう。

十分に凡庸な（でも、同じくらい真摯な）現代芸術家である我々とでもいった思い入れで高橋源一郎は、新垣隆の立場というものを思い、ちょっとピント外れではあるのだが、「誰もいないお城でひとり、来るはずのない後続部隊を待っている芸術家に、「佐村河内」が囁く」ことを夢想する。そうなったら現代作家の内面は「どうだろうか」。

「なんか現代文学って面白くなくね？　なんかちまちましてね？　閉じこもってる感じしなくね？

ドストエフスキーみたいに、めっちゃ壮大で、セルバンテスみたいにむちゃくちゃで、紫式部みたいに恋愛中毒で、サドみたいにエロくて、太宰治みたいに決めゼリフ満載で、鷗外みたいに古語いっぱい使って、フィリップ・K・ディックみたいに奇想天外で、(以下略、みなさんで好きな作家の名前を入れてください)……」と、「佐村河内」に囁かれたら、あなたならどうする? と、高橋源一郎は答えるように迫る……。

構造はやはり何も変わらない2

二〇一四年九月

さて、十分に凡庸で、しかしそれと同じくらいに真摯に思考する現代作家として高橋源一郎は（もちろん、何もそうした存在を彼が代表しているというわけではないが）、現代の、あらゆる時代に増して孤独で孤立した芸術家に「佐村河内」が発注を囁くことを夢想する。

前回には、孤独な小説家に向って囁く「佐村河内」の言葉として高橋の言葉を引用したのだったが、とりあえず、孤独な詩人に向っての囁きも引用することにしよう。

「なんか現代詩って面白くなくね？　もっと、なんかワクワクするようなやつがあるっしょ。中原中也みたいにロマンチックで、啄木みたいにマジで、朔太郎みたいにカッコよくて、谷川俊太郎みたいにユーモラスで、伊藤比呂美みたいに、中身をさらけ出してて、でも、現代詩の技法はすべて投入してて、エミリー・ディッキンソンみたいに泣けて、イエーツみたいに神秘的で、エミネムみたいに攻撃的で、そうそう、ラップの要素ももちろん入れた、そんな詩、良くない？」（「ニッポンの小説・第三部　心は孤独な芸術家」「文學界」二〇一四年四月号　傍点は引用者による。ところで、引用文の最後の、「ない？」は、「ね？」とすべきでね？）。

このように「佐村河内」（と言っても、陳腐なまでに有名な名前の羅列と、それを説明する少しズレた説明を囁く台詞を書いているのは、高橋源一郎以外の者ではないのだが）に囁かれた芸術家は（これもまた高橋以外の者ではないのだが）、「バカだな、おめえ、そんなのあるかよ」とか、「そういうところから抜け出て来て、いまの小説があるんでしょうが」というだろうか、と自問するふりをしてみるのだが、しかし、「佐村河内」＝源一郎が列挙してみせる（誘惑的に？）有名な（多分、誰でもが知っている？）詩人や小説家の名は、はたしていまの小説（や詩）が、そこから抜け出て来たといういわば過去の空間である「そういうところ」に属している名前なのか。

もう今は二〇一四年の八月で、「佐村河内」＝源一郎が歴史的（？）な作家や詩人の名前を列挙（むちゃくちゃに）してから、五ヶ月もたっているので、彼（等）の挙げる名前も考えも、すでに変ってしまっているかもしれない。

「ドストエフスキーみたいに、めっちゃ壮大で、セルバンテスみたいにむちゃくちゃで、紫式部みたいに恋愛中毒で、サドみたいにエロくて……」などと囁く奇妙な（チャーミングなカマトト？　それとも、素直な無知？　そうそう、ポストモダンと言ったっけ）存在のつぶやきなど、そもそも眼中にないというか、常識であるのが、おそらく「現代文学」の書き手たちであろう。

　ドストエフスキーの翻訳者であり研究家の亀山郁夫は、研究と翻訳だけでは足りずに『新カラマーゾフの兄弟』（「文藝」二〇一四年　秋季号）を書いたのだし、それよりも以前、小説家の三田誠広文藝家協会副理事長は数年前、「死ぬ前にぜひ書いておきたいことは何か」と考えた挙句、「『カラマーゾフの兄弟』の続篇を書くことだ」と思いあたったものの「すぐには書けないので、『罪と罰』から始め、『白痴』、『悪霊』を書き直し、今『カラマーゾフ』をやっております」（「文藝家協会ニュース」特別号二〇一四年七月　文藝巡回イベント第三回大阪報告「文学は消えてゆくか？」）と自らの創作について語っているし、水村美苗は『続　明暗』を書いたのではなかったか？

　偉大な小説ではあるけれども、「佐村河内」＝源一郎が考える程「むちゃくちゃ」というわけではないセルバンテス（当時、小説は、詩や演劇のような正しい由緒を保証されない、私生児のように生れたばかりだ）の『ドン・キホーテ』は、そもそもムスリムの作家の書いた作品の翻訳だという名目で上梓され、当時流布していた通俗的な騎士道物語のパロディでもあり、その好評に乗じて別の書き手が図々しく続篇を書いたりしたので、続篇の前半を書き進めていたセルバンテスはその中で、偽の作者に対する怒りを書いてもいる。十六、十七世紀において、他人の作品の後篇を勝手に書くことはさほど非難されることではなく、しばしば行われていたことでもあるのだが、二十世紀の前半、ボルヘスは、ピエール・メナールという作家の試みた『ドン・キホーテ』を書き直す作業の評伝的書評の形式をとった短篇を書いたのだったし、前世紀の末頃には、それほどの（というのは、ボルヘスほどの）手のこんだ文学史的精緻さと気取りに縁はないし、セルバンテスみたいにむちゃくちゃでもないのだが、高橋源一郎は、ドン・キホーテをおじさまと呼ぶ姪を語り手とした芸術短篇を書いたのだし、十分に凡庸な（でもそれと同じくらい意識的な？）私たち（むろん、高橋源一郎もその中に入るだろう）は、読んだから書いたのであり、先行する作品の引用によって自分たちの作品が出来ていることを知っているのだ。死者のＤＪについての小説を書いたいとうせいこうだって、つい最近では、「存在しない本の書評」という、ありふれてはいるが気のきいた発想とスタイルの小説を書いているではないか。

だから、「佐村河内」＝源一郎は、誘惑と称しているのにもかかわらず、つい、高橋的立場の告白的な本音を吐いてしまうのかもしれない。「なんか現代文学って面白くなくね？　なんかちまちましてね？　閉じこもってる感じしなくね？」しかし、「わたし」は「佐村河内」＝源一郎の囁きを「もしかしたら、それなんか面白い、と思うかもしれない。それは「わたしの小説」ではないのだけれどね」と考える。誰もが普通にやっていることなのだから。

「わたしの小説」……。もちろん近代的な伝統である「私小説」と、日本の作家たちはそれぞれの立場で闘いもしたらしいが――。

梅毒で脳を冒された晩年のスウィフトは、自分の書いた作品の朗読を聞いて、「これを私が書いたのか！」と言ったそうだが、それは十八世紀のはなしなのであり、二十一世紀の小説家である高橋は「いやいや、もしかしたら、いまほんとうに必要なのは、わたしたちが、わたしたち自身の「ゴーストライター」になって、「わたしたちの小説」ではないものを書くことなのかもしれませんね。今回の事件を聞いて、わたしがいちばん驚いたのは、気がつくと、わたしがそう思っていたことだったのでした！」と記すのだが、高橋がなぜ、今頃、「佐村河内」＝源一郎という、なぜか、ポストモダンとは違うらしい大時代な小説（しかし、引用かもしくは模倣で出来ているらしい）を書くように誘惑する存在を思いついてしまったのかと言えば、もちろん、長々と高橋の文中に引用されているピアニスト森下唯の、佐村河内と新垣隆の関係について書いた文章を「他人事とは思えない」し、そこに書かれていることの「かなりの部分は、「（現代）芸術としての小説」と、重なり合った問題を抱えているような気がする」という、極めて真摯な（しかし十分に凡庸な）作家ならではの感想を抱いたからだろう。高橋の引用する、ピアニスト森下唯の文章の中で何が語られているかと言えば、いささかたじろがざるを得ないほど他愛もないことだ。

松本清張のほとんど誰も読んでいないとも言える原作小説の『砂の器』の中では、殺人を犯してまで守りたいほどの社会的地位を得て、きらびやかな最先端の、しかし、コッケイ視もされて嫌悪されてもいた前衛芸術だった現代音楽は、今や、かつての華やかさはすっかり失われたものの、「現代音楽」という、一種堅苦しい凡庸さと陳腐さをそなえて確立したジャンルと言えるだろう。それっぽいメロディーなら、ずっと昔から、ハリウッド映画の心理的恐怖のシーンを盛り上げる音として耳慣れているのだし――。

しかし、一方でそれは大衆的ではなく、極度に専門的だから、妙に気取っていて面白くないし、難解で当然排他的であり、演奏会の会場にいるのは少数の関係者のみだし、そもそも、クラシックにせよ現代音楽にせよ大して興味も関心もなく生きてきた私のような高齢者たちにとって、日本の現代音楽家と言われて思いつく名と言えば、いまだに『砂の器』のヴェテラン刑事程度の知識にすぎず、黛敏郎と武満徹くらいなもので、日本のクラシック音楽の世界的有名人として知っているのは、もちろん、指揮者の小澤征爾のみという分野でもある。

こうした悲惨な音楽的環境の中で、ピアニスト森下唯は、現代の「能力のある作曲家」について、多くの「演奏家が演奏したくなるような曲、聴衆が聴きたいような曲を書こうとしない」のだが、それは「オーケストラ楽器を用いた作曲については圧倒的な知識と技量を誇る。あらゆる技法を分析し自家薬籠中の物とできるような人が、過去の作品の焼き直し・パッチワークを作ることに甘んじて満足できるわけがない」からだと語る。これも、私はくわしいわけでは少しもないのだけれど、かつて読んだことのある印象とわずかな知識では、劇画というか少女マンガの登場人物の通俗的で、どことなくニヒルな語法を思い出させる口調で、あらゆる技法というものを、「感動的に盛り上げるための和声進行も知っている、恐怖を覚えさせるためのリズムも知っている、きらめきを感じさせるための管弦楽法も知っている」と書くのだが、そういった曲は、どう作るのかは知らないが、サウンドとしてなら、メディアの中で誰だってうんざりする程耳慣れた音だ。盛り髪にして、さらに横と後ろに適量の髪の毛を垂らして眼をキラキラさせて、もちろん、身長も指も長い、アゴがやけにとがった少女マンガ版のイケメン作曲家を（私には）連想させる森下的存在は「つまらない、つまらない。使い古された書法も聞き飽きた調性の世界もつまらない。面白いものを、自分だけの新しい音楽を書きたい」などと駄々をこねている天才的美青年音楽家（少女マンガの中の）のように思うのである。
「そういうわけだから、自分の作品として、あえて過去の語法に則ったスタイルの音楽を書く人間は、現代にはまず」いないし、佐村河内守の名で発表された「交響曲」は、専門家の耳（というか常識）には「そこからして胡散臭かったわけ」で「新垣氏のような作曲技術に長けた人が自発的にあのようなタイプの作品を書くことは不可能」なのであり、「なぜロマン派〜ペンデレツキ風、みたいな書法の制約を自ら課すのか、という問いに答えようがないからだ。自分はもっと面白いことができるはずなのに」（傍点は金井）と、森下は、新垣になりきって思考をすすめる。もっと面白い曲がどういう現代音楽的な曲なのか、私たちにもある程度の想像はつくというものである。「しかし、発注書があれば話は別」で、なにしろ「そういう発注だからだ！」なのだと森下は、発注の万能性を強調する。（註・一）
　そして、高橋がその発言を引用する「（現代音楽の）作曲家、千住明さん」は、その指示書（発注書）

について「実に意外なことをわたしにおっしゃった」のである。「あれは、ほんとうに素晴らしい」もので「あれだけ細かく指示してあれば、現代音楽の作曲家なら、充分、あれを元に作曲」することが出来ると、微妙に訳のわからないことを言うのだ。NHKの新日曜美術館の寡黙な司会者をやっていたこともある若い作曲家はアンディ・ウォーホルの特集の回で、あの有名なシルクスクリーン（佐村河内について書いた鴻巣友季子も例に出していたものである）のキャンベル缶の「赤」について、まったくストレートに、日本画の花や富士を描いた色彩を賞讃するニュアンスで、美しい赤と評していたのだが（いや、それはゲスト出演していた千住兄弟の画家の方だった？）、それと同じくらいに、この発言は、何かを完全にずれて認識しているといった、一種の、大真面目ないかがわしさがあるのだが、それはそれとして、ここで私が話題にしていたのは、佐村河内のイメージした曲の発注書とその内容を知的に「胡散臭い」と思うか、共感をこめて「素晴らしい」と思うかといった問題でもなく、若者風な妙な言葉づかいで孤独な芸術家に囁く「佐村河内」＝源一郎の「発注」についてだったはずだ。

「なんか現代文学って面白くなくね？」という、小説としては、星野智幸の『俺俺』（'10年）の登場人物たちが使用していたのは覚えている、この、リズミカルのようでなくもない疑問形の語尾は、若い編集者に尋ねてみると、前世紀末、ギャル男（ギャルオ）の語法として、若者言葉として使われていたもので、中原昌也との映画批評の対談（『シネマの記憶喪失』'07年　文藝春秋）では阿部和重が意識的にそういうキャラをやってましたよね、と言われてみれば、そうだったかも、と、すでに記憶も曖味だが、しかし、もちろん、実際には耳にしたことのないこの語法で、「佐村河内」＝源一郎がなぜ囁くのかは、わからない。

文学的ギャル男というより、ヤンキーな「佐村河内」＝源一郎が小悪魔のように囁く内容（というか、人名の羅列）も、無教養ゆえの大衆的な文学趣味を知ったかぶりで開陳する滑稽さを揶揄して書いたのか（多分……そうなのだと思う……）、それとも？

そして、何より不可解なのは、その、さして文学的教養があるとは思えないし、なにより洗練を欠いた好みの、お茶目な誘惑的囁きに対して「孤独な芸術家」が、あきれながらも、反応を示して、そういうものを書いてみたい、と思うこと、でも、ない。

発注される現代音楽家の存在を、高橋の引用する作曲家や演奏家たちは、口をそろえて、高度な作曲技術を身につけた専門家であると強調するのだが、残念なことに、と言うか幸福なことにと言うべきか、現代詩にも、現代の芸術小説にも、注文に応じられるそうした誇らし気な専門的技術など存在しないだろう。それに、「小説」が読まれなくなってというか、必要のないものとなって久しいことを、十二分に認識したところから高橋は先鋭的《ポストモダン》な新人小説家として出発したはずだ。としたら――。

現代小説の技術も技法も十分に承知した誇り高い十分に凡庸な作家に対して、「佐村河内」的なものが誘惑的に囁く、「（以下略、みなさんで好きな作家の名前を入れてください）」というリストに入れるべき名前は、「ノーヴェル賞候補作家の、マジ感傷的で感動的で世界的ベストセラーの村上春樹のように――」に決っているではないか。「佐村河内」的クラシック音楽の基本は、わかりやすく、感傷的で感動的で耳慣れた、より多くの大衆的支持を得ることなのだ。

私たちは、ある映像から何か、、、を読みとる以前に、何を、、見落と、、、してしまうか？

少し前（去年の十二月）、メディアで話題になった、スカイマークの女性客室乗務員のユニフォームとして発表されたミニのワンピースが、どのように見られ語られたかについて触れるつもりだったのだが、その前に、くどいようだけれど、若者言葉で囁く高橋源一郎の「発注者」の誘惑について、散見したいささか関係のあるように思える事例を挙げておきたい。

サドの小説が「エロい」ものではないことは、たとえサドの小説を読んだことがなくとも、サドについて二十世紀以後に書かれた批評的言説や、それに触れた紹介的文章を読んだというか眼にしたことのある者ならば、誰でも常識として知っているのだから（註・二）、高橋の書く「発注者」と彼が誘惑的に囁く相手の「孤独な芸術家」は、かなりな程度に知的レベルの高くないタイプの存在と考えなければなるまい（註・三）。

ところで、エンタメ系と呼ばれるらしい現代作家にとっては、高橋＝佐村河内の囁く先行作品を踏えた「××のような※※※な」小説を書くということは大変なことらしいのである。

タイトルを見ただけで、先行する国語教科書的名作文学作品のわかる短篇集（『悟浄出立』万城目学）

を書いたということを、驚くべき素直な謙虚さで、「8年間エンターテインメント小説を書いてきて、ようやく許される一冊という気がします」と小説家は語るばかりでなく、「面白かったバンドの音楽がやがて気難しくなっていくことがありますが、そうなってはいけないと思っています」(毎日新聞書評欄著者インタビュー '14年8月24日)と、低いレベルに甘んじることの大切さを自らに課すかのように自戒の言葉さえ口にするのだ。

何を誰が許し、誰がなぜ自戒(自粛)するのか?

考えてみれば、高橋の想定していた「来るはずのない後続部隊を待っている」「孤独な芸術家」と言われる者たちは、むしろ「高校3年の時」、中島敦の『わが西遊記』が現代国語のテストに出題され「すごく面白かったものの誰が書いたかわからず、中島の小説と判明したのが大学3年」(毎日新聞同前インタビュー)という、今では決して珍しいものではないかもしれない、オクテの知的レベルの読書環境の中にいる者たち(高橋を含む私たちの世代のように読んだふりさえ出来ない)のことを意味していたのかもしれない、という気さえしてくるではないか。

註・一 「週刊文春」('14年7月31日)によれば、新垣隆は同誌の発注によって「週刊文春テーマ曲「交響曲 HARIKOMI」」を作曲し、「ニコニコ23時間テレビ」内で初披露したそうだ。「週刊文春」WEB では、「「仁義なき戦い」と「ロッキー」のテーマ曲を想起させる」曲で、新垣さんは「ジャズをベースにクラシック・日本民謡・歌謡曲の要素を取り入れた」と語っている」と書かれている。張込みと言えば、むろん松本清張の短篇のタイトルでもある。

註・二　「王様は裸だと叫び続けるサド」（安原伸一朗「ユリイカ」'14年9月号「特集サド　没後二〇〇年・欲望の革命史」）では、高橋の『さよなら、ニッポン』（'11年）のサドについての思想的言及とも言うべき文章が引用されている。しかし、もちろん安原の書くように「王様は裸だ」などとサドは、童話の中の子供のように叫びはしない。

註・三　意識してか無意識にか、高橋はこの「発注」リストに、ある特権的な一つの名前を書き落としている。宮沢賢治である。天沢退二郎の初期長篇評論『宮沢賢治の彼方へ』（'68年）を意識しもしたはずのタイトルを付された高橋の『銀河鉄道の彼方に』（'13年）について、批評家の石川義正は、引用というより「パクリ」だと書くことを少しも躊躇しない。「いかなるアイロニーも批判もなく、ただ単に「銀河鉄道の夜」の設定を流用することによって――つまり宮沢賢治からその言説をレンタルしてそのまま横流しすることで利益を得ているのであり、それは比喩でもなんでもない」（「銀河鉄道の労働者」「子午線」'13年2号）。

佐村河内の囁き（おそらく小声の）について書く高橋は、しかし自省と自戒を忘れたりはしまい、と次のように書く。しかし、声の大きさは、いまだにそれが載ったメディアの質によるところが大であろう。

「深く知っているはずのないことについて、大声でしゃべるものには気をつけたい。これは自戒としていうのだが」（朝日新聞論壇時評'14年8月28日「戦争と慰安婦」）。

2014年10月〜2015年９月

「太ももに気を取られ」はしたけれど、ドン小西の勝ち

二〇一四年十月

さて、話題を呼んだスカイマークのミニのユニフォームである。

七月二十一日の朝日新聞朝刊「ニュースの扉」欄には、「ロラン・バルトで考えるミニスカート」という横組み見出しでイラスト入りの記事が載っていたのだったが、スカイマークが経営不振でエアバス社への超大型旅客機Ａ３８０発注の契約を破棄して高額の違約金の支払いで益々経営悪化、というニュースを見たのは、それ以前だったか以後だったか、実は記憶が曖昧である（註・一）。いずれにせよ、昨年十二月に同社のミニのユニフォーム（むろん、女のＣＡが着るのである）が発表されたのは、エアバス社の中型新型機導入（今年の六月）を記念して、ユニフォームも新しく、というキャンペーンだったのは、その宣伝の仕方の古めかしさ（なにしろ、ＣＡの娘たちがずらりと並んで見事な太ももを見

せるというミニのワンピース！だ）のせいで覚えている。

ここで私が比べてみたいのは、「ミニ」についての二つの記述である。

一つは、朝日新聞のむろん男性記者（高津祐典）がまとめた「ロラン・バルトで考えるミニスカート」であり、もう一つはドン小西が「イケてるファッションチェック」第650回で取りあげて「レトロ」というより、コスプレか？　ミニスカが賛否両論。高度成長期じゃあるまいし」とあきれているコラム（「週刊朝日」4月11日号）である。

本稿のタイトルにはすでに「ドン小西の勝ち」とあるのだが、では、それはどのような「勝ち」なのか。

二つの記事には、それぞれ問題にされているミニのユニフォームがどういうものなのかを示すイラスト（なんとなく、戦後の講談社の絵本を思い出させる暗い感じのもので、三人のユニフォーム姿のCAたちは、極度にスラリと痩せこけた脚の持ち主として描かれている。「新型機キャンペーンの制服を着たスカイマークの客室乗務員＝絵と構成・小柳景義氏」と説明がついている）と、新ユニフォームの「客室乗務員に囲まれて、ご満悦」の社長の写真が載っている。

CAの制服のミニのワンピースについて、「ニュースの扉」の書き手は「発表当初から、ひざ上25センチの丈に「女性の商品化」「安全性の欠如」といった批判が殺到した。フランスの思想家ロラン・バルトにならい、深層を探った」と奇妙な調子の文章を書きはじめる。ロラン・バルト（191

5〜1980）とは何か？　記者は説明する。
「文学や写真、恋愛にまで批評の射程を持った」批評家で「19歳から12年間、肺結核治療で入退院を繰り返しながら、思索を深め」「モード雑誌を分析した大著」が『モードの体系』（'67年）であり、「気鋭の批評家だったバルトが7年もの歳月をかけ、モード雑誌を読み解いたのはなぜか」と、どうも不思議に思えてならない朝日新聞記者は、「東京大学の桑田光平准教授（フランス文学・表象文化論）」に取材し「バルトは、社会がどのように『意味』を作り出しているかを明らかにするために、モードを取り上げたにすぎない」（傍点は金井による。註・二）と説明されたようだ。

　紙面のおよそ半分（イラストを含めて）をしめる文化的な記事は、とりあえずミニスカートについて三人の大学教師の「考え」を記者がまとめたものなのだが、見事におさまりどころが悪く、記者はロラン・バルトどころか、モードはもちろん、単にスカートの長さというものについてさえ、何も理解していないように見える。

　桑田准教授はスカイマークのユニフォームを、もっぱらスカートの「丈」を肉体的「若さ」と規範性への抵抗の問題として語り、九〇年代の女子高生が「長くてダサい制服」のスカート丈を短くして「若さを強調」したことを例にあげ、スカイマークのミニは「強制された若さ」であり「商業的な見せ物としかとらえられない。だから批判しか起きなかった」と語るのにひきかえ、「東京大学准教授（フランス文学・表象文化論）」といったような肩書がないのはもちろん、連載のページにも、「ファッション評論家」といった類いの肩書さえ記されていない、正体不明のドン小西は、価格の格安競争だけでなく航空会社の差別化を図るための秘密兵器として出してきたのが「膝上15センチの超ミニ」で「なんせ品がない。これが途上国なら、乗る人を元気づけられたかもしれない」と、意味のわからないことを口走りつつ、「太ももに気を取られて気がつかなかったけど、おまけにスカーフといい、ちょこんとのせた帽子といい、飛行機が高級な乗り物だった時代の客室乗務員風のレトロ調のデザイン」と、このユニフォームのデザインの本質をつくのである（傍点は金井）。

　このページに載っているのは、エアバスＡ３３０型機の前に用意された三人がけの「グリーンシート」の広さを強調して足を広げて座り、左手を振るスカイマークの社長と、ミニのワンピースのお腹のあたりに左手をあてがい、右手を振っている十人のＣＡたち（全員が笑顔）のうち四人分の太もも（二人分は椅子に隠れているので片脚のみ）が、仰角のカメラで撮られているのでスカートからむき出しになっているのは、脚というより、まさに文字通り太ももという印象が強まる写真である。ドン小西は膝上15センチと書くが、朝日新聞の記者は、ひざ上25センチと書く。この書く者によって10センチの差の生じるスカート丈は、人体の膝のどこを「上」と考えるかによるのかもしれないが、ＣＡたちの写真を見るかぎりでは、モード上で普通に言う膝上で、膝頭（加齢による膝関節変形症の説明を受ける場合には、膝蓋骨などとも呼ぶ）の上部から15センチである。

　それはともかく、このミニスカワンピのユニフォームは、ＣＡ労組から、セクハラを誘発する、保安業務に支障が出る、女性を商品として扱っている、といった批判があり「国に指導を求める」ということになったらしいのだが、そうした問題の指導を労組は労働問題として捉えたわけではないらしく、厚生労働省だけではなく交通方面を管理する国土交通省にも求めたらしい。

そうした愚劣さはおくとして、スカイマークのミニスカートのユニフォームについてメディアは、その服としてのデザイン（それはモードを含むだろう）について語ったり批評したわけではなく、スカートの丈（もちろん、その短さ）を問題にしたわけだ。

ところで、旅客機とミニスカートから私が思い出したのは、一九六〇年代後半、当時の首相だった佐藤栄作が夫人同伴で訪米するにあたって（日米首脳会談のためである）、夫人がデザイナーの森英恵の提唱でミニのワンピースを着て（夫人のおみ脚はおきれいなのだから隠すことはない、とファッションデザイナーはコメントを発表した）話題になったことだ。夫の首相も長髪めのヘア・スタイルに大きな襟のシャツに幅広ネクタイのスーツ姿という流行のファッションの醜悪といってもよい姿で、政府専用機のタラップで並んで手を振って旅立ったのである。

その頃のスチュワーデス（と、かつてCAは呼ばれていた）のユニフォームはまさしく、小さなキャップと首に巻いて結んだスカーフが特徴的な目印だったはずで、スチュワーデスの制服のモデル・チエンジは、それを後追いする観光バスのガイドの制服との差別化という要素があったのだ。手もとにある数少ない風俗史的資料の一つ『昭和家庭史年表』を調べてみるとスチュワーデスに関する記述は二つで一九七七年日航の制服がヒザ上5センチのミニからヒザ下3センチのミディになった（この頃ミニスカートは流行していなかったのだ）ことと、一九八八年に、全日空がスチュワーデスの名称をキャビン・アテンダントと改めたことが載っている。スッチーとの親密なおつきあい願望という男性週刊誌的テーマは、平成になっても続いていたような気がするけれど、それはそれとして、スチュワーデスのユニフォームは、かつてミニ（ヒザ上5センチと、つつましいとはいえ）だったのだ。

　表象文化論の桑田准教授は、九〇年代に女子高校生たちが制服のスカートを自主的にミニに変えたことと、CAの制服のミニを比べてみるのだが、かつてスケバンと言われた女子高生（中学生もか）が足首までの長さに制服のヒダスカートを変えていたことや、戦前の不良学生が裾幅の広いラッパズボンをはき（私は母から、旧制中学生だった頃の手先の器用な兄が自分でミシンを踏んでズボンに布を足し普通の学生服のズボンをラッパに直した、という話をきいたものである）、戦後はマンボ・ズボンやジーパンが不良の表象《しるし》だったことを、当然思い出す者としては、あたりまえのこととして、スカートの長さ一つとっても、そう簡単に何かを読みとることなど出来はしないということだ。

　ドン小西もスカイマークのCA（少し前までは、二〇〇〇年長野県知事になる以前の田中康夫などが親しいつきあいを強調してスッチーと呼んでいたのを思い出す）の太ももに気を取られてつい見落としてしまったものの、すぐに、このユニフォームが、チョコンと頭にのっけたキャップと首に巻いたスカーフという、かつてのスッチー表象《じるし》を身につけていたことに気がつくのだ。むろん、この制服を選んだ人物のコスプレ意識がむき出し（スカイマークのCAたちの太もものように）であることは誰でも、すぐに理解できるというものだ。ちなみに、かつて戦前的メディアは、スカートの丈が短くなる時は不景気、と喧伝していたものである。

註・一　7月29日、スカイマークの西久保社長は、超大型機導入計画のエアバス社との交渉に「前代未聞の軋轢」が生じて難航していることを発表した（「東洋経済」オンラインによる）。

註・二　「すぎない」の意味は、周知のように「それだけのもの」「……でしかない」といった、概ね否定的なニュアンスである。バルトの『モードの体系』は私たちに、小説やモード雑誌の中で語られた「モード」の言葉の多様さを、たとえば、マラルメがマルグリット・ド・ポンティという女性名で書いた「最新流行」誌の文章や、プルーストの小説のモードの描写《エクリチュール》をも思い出させるという一種の繊細な批評的快楽（倒錯的な？）をもたらすことを抜きにしては読めない書物だろう。「なぜモードはあれほどに衣装についておしゃべりをするのか？　なぜモードは対象とその使用者との間にあれほど色とりどりのぜいたくなことばを（イメージ──絵や写真を別としても）、あれほどのネットワークをさしはさむのか？　その理由は、ご承知のとおり、経済的なものである」（『モードの体系』佐藤信夫訳）とバルトは書いているが、それは当然のことだろう。

しかしバルトが、単なる「意味」の記号論学者でないことは、「モード」や「恋愛」「天候」、そして様々な「小さなこと」を批評したのは、何かの社会的意味をあきらかにするために「取りあげたにすぎない」と断じるのとは正反対の、繊細な、芸術的とさえ呼びたくなる、書く者がそれに魅惑されていることが読者に伝わる言葉や事象に対しての感性の豊かさによるのだ。極端に言えば、私たちは、彼の文章から、モードや恋愛を独特なやり方で愛する人物を読みとるだろう。

落穂ひろい1 「100人の村」という大虐殺

二〇一四年十一月

もちろん、この連載は、大変な分量の資料を駆使したり、そのための手伝いの人材を必要とするものなどではなく、ごく限られた（特別な努力なしで、私が日常的に眼にする範囲の）空間《メディア》でのある種の言説――それがある種の文化的人間に典型的なもの、というわけではない――について私見を書いているだけのものなのだが、ふり返ってみると、二〇一四年の三月号から先月まで、同じ傾向の話題の周辺にとどまったままでいた（深めていた、という考え方もあることはあるけど？）ようである。

その間に、「雑録」の名にふさわしく書きとめておきたいことが少なからずあったのだった。

さて、十月八日の夕刻、切り抜きやメモの入っている箱を整理していると、ヘリコプターの旋回して飛ぶ音が騒々しく響きわたるので、何か事故なり事件なりが起きたのかとテレビを点けると、NH

Kのニュースで三年ぶりの皆既月蝕の天体ショーを見るために、どこか見晴しのよい場所に集った大勢の興奮した親子たちの映像に被って、姿の見えない大音声のヘリコプターの爆音が響いていて、テレビ記者は、どんな思いで月蝕を見に来ましたか、と、理科好きというタイプの眼鏡の男の子供にマイクを向け、ヘリコプターからの月の中継映像が画面に映し出され、窓の外の旋回する爆音と画面の中の音が重なり、イランの映画監督アッバス・キアロスタミにインタビューした時、私たちの国ではヘリコプターの音は常に何か悪いことが起きたことを告げていると言っていたのを思い出し、明るい黄色に輝いている月をヴェランダから見上げて、『太陽の帝国』は中国で日本軍の捕虜になるイギリス人の子供の話だったが、そもそも『猿の惑星』は原作者が第二次大戦中日本軍の捕虜になった経験から発想されて書かれたのだということも思い出し、黄色という色彩から尻取り歌の、黄色いのはバナナ、バナナはすべるよ、というフレーズも思い出して、フットボールの試合において、対戦相手の黒人選手を差別的にサル呼ばわりする象徴的な物として植民地プランテーションの作物であるバナナ(猿類がとりわけ好む果物であるとされる)が利用されるということも思い出したのだったが、バナナは、つい前世紀の半ばまでアメリカ人の作者にSF『猿の惑星』のヒントを与えた日本人が、Jリーグのゲームにおいても、黒人選手に向って差別しているつもりで振りあげる果物にまで肥大したのであった。

十八世紀、植民地にパンの木の苗木を運ぶイギリス戦艦の反乱をあつかった映画『戦艦バウンテイ』（'62年　監督はキャロル・リードから途中リュイス・マイルストンに交代）では、士官のマーロン・ブランド（当時、オリエンタル贔屓であることが名高かった）が手に持って腰のあたりで皮を剝くバナナが、上陸する南太平洋の島での英兵たちのレイプをあからさまに匂わせていたものだったが、今日の日本でこの植物名は、むしろ、癒し系の女性作家の名前としてのほうが通りがいいかもしれない。

バナナについて、私たちが、いつでもいかに忘れっぽいかと言えば、シンガポールのディック・リーという歌手がいたのではなかったか？

かつて（二、三十年以前だろうか）韓流ブームがおきるはるか以前、バナナというペンネームを選択した女子作家がデビューした頃か、それとも、それより後だったか、いずれにしても、アメリカの黒人、スパイク・リーがマルコムXの伝記映画を撮るより以前だったが、アジアの黄色人種の自分は、外側は黄色いが内側はすっかり欧米の文化育ちで白い、いわばバナナのようなものだと発言したのだったが、それが批判的に論評されたり扱われたことさえ、読んだ記憶がない。バブル時代の日本人は、、、中味の白さを肯定的にとらえていたのだろう。イングランドのフットボール界でバナナは、それがモンキーの好む果実と認識されているせいで黒人への人種差別と結びつけられていることに、その皮の黄色い色彩故に疑問を持つ者たちもいる。

人種差別主義者であることがよく知られたチェルシーのディフェンダー、ジョン・テリーは、黒人選手をチョコレート・アイス・バーに喩えて出場停止処分を受けたことがある。テリーが喩えたチョコレート・アイス・バーがバニラにチョコレートをコーティングしたものだとしたら、内側と外側についての、その名前の中に男根＝バナナの意味を含むディック・リーの意見を聞きたいものだ。

記憶ではなく、現実の机の引き出しを整理していて出て来た水色の表紙のスクラップ・ブックは、十年以上前に定年退職した担当だった編集者が、私の本の書評や関連記事を集めて整理したものを退職時に渡してくれたもので、その中に、眼鏡会社が出していたとおぼしき隔月発行雑誌（むろん、とっくに廃刊になっているだろう）の月間セール・ランキング欄の（青山ブックセンター）ベスト・テンの切り抜きがあったのだった。一位が池田香代子の『世界がもし１００人の村だったら』、二位が金井美恵子の『噂の娘』、三位は坂本龍一監修『非戦』、ということは、十二年前の二〇〇二年一月のものである。幻冬舎の『非戦』は、村上龍、マドンナ、オノ・ヨーコ、佐野元春といった「国内外の50人以上の人々が〝非戦〟による平和な世界を実現させる可能性を綴ったコラム集」だそうだが、そういう本があったという記憶は、もちろん一切なしだけれど、一位の『世界がもし１００人の村だったら』は、当時、書評というほどのものは眼にしなかったものの、話題になった本で紹介文は幾つも眼にしたことがある。

「世界中を感動でつつんだインターネットの民話」として、アメリカで作られたらしいモトネタは、「村」の住人が一〇〇人ではなく一〇〇〇人だったという文章を読んだことがある。ベストセラーの

『ソフィーの世界』の訳者でもある池田は、パーセンテージで表記する数字をさらにわかりやすくするためという理由で、九百人の住人を善意の無神経さで殺戮というか抹殺して、一〇〇人の村に仕立てたわけである。

紹介には「世界を人口１００人の村に置き換え、男女や言語、人種などの比率を数字で表現したユニークな一冊」で、内容は「20人が世界の90%の富を握ります。食糧援助よりも化粧品に40倍のお金が使われるあいだに、15人は飢えて苦しみ」「16人は字を読めず」「20人は、家に1台以上のテレビを持ってい」るけれど「17人は家すらありません」といった調子のものらしい。

むろん読んではいない本の内容について書くことは避けたいのだが、思い出してみれば十二年前この本のタイトルを見て紹介文を読んだ時から気になっていたことがある。世界には様々な事象について人間の比率を示す数字があって、たとえば治療法が発見されていない難病について、何万人に一人の割合で発病するという言い方があり、そういった病人は「１００人の村」では一人の人間として数えられもしない人体のごくわずかな爪くずほどの破片のようなものとなるだろうし、一〇〇人だか一〇〇〇人だかの村という「世界中を感動でつつんだインターネットの民話」を読んだ者も、この村では、一つの形をした人間として数えられる存在ではなく単なるヘソのゴマのような一部にすぎないことになるのでは、ということだ。

「１００人の村」という富の格差についての善意の発想は、同時に世界に存在する一%以下の人間を平然と抹殺するのであり、数字は「100人の村」の規模に合わせた百分率で示されるわけだから、ここには成立しないものが大部分なのだ。一〇〇人の村には当然本屋も映画館もないわけだし、そもそもそういうものを知っている人間が存在しない。

ところで、人の数を示す数字といえば、本屋も映画館も相当な数があったはずの、一九五〇年代末から六〇年代のパリのロードショー入場者数（『ヌーヴェル・ヴァーグの全体像』ミシェル・マリ　矢橋透訳）と、フランス国内の観客動員歴代トップ20のリスト（「NFCニューズレター」'11年2月—3月）の数を見比べてみたい。

後者の一位はジェームズ・キャメロンの『タイタニック』（'97年）で観客動員数が二千六十三万人で、以下二十位までが一千万人を少し超えるオーダーである。映画のタイトルをいちいち書くのは割愛するが、たとえば、朝日新聞土曜の別刷り付録「be」紙面のアンケート「beランキング」の「歴代最高のアカデミー作品賞」や「映画館で見た大ヒット作品」とフランスのトップ20リストで重なっている映画は、調査の年代に十年以上の開きがあるものの、上位二十本中、『風と共に去りぬ』、『タイタニック』、『ベン・ハー』、『戦場にかける橋』と、四本もある。こうした映画は、「100人の村」に映画館はないのだから、「家に1台以上のテレビ」を持っている「20人」のうち何人かが、名画劇場の放映でこれ等の映画を見ている可能性がある。

ホロコースト以上の圧倒的多数の人々が抹殺された「100人の村」に住んではいない私たちは、

六〇年のゴダールの『勝手にしやがれ』は二五万九〇四六人の入場者があり、六三年、『カラビニエ』の入場者数が二八〇〇人だった、ということに驚きを覚える、様々な意味を持つ数字と人々が共存する空間で生きていることを、確認したいではないか。

そして、「１００人の村」では「20人」もが「世界の90%の富を握」っているのだが、二〇一一年一時的にではあったが、ウォール街を、われわれは99%だという貧しい若者たちが占拠したではないか。

さて次は、「１００人の村」には存在しなかったし、現に映画館と同じに激減している本屋なのだが、これについては、今夏の暑い盛り、普段眼にすることのないエンタメ系小説雑誌の七月号の広告の「書店経営をしてみませんか?」という、特太明朝体で90級ほどの文字を眼にして驚いたことが思い出される。

広告主は「書店開発株式会社日本良書チェーン」で、「書店業界初のＦＣ」(というが、私にはＦＣの意味は不明)で「全国に１５０の加盟店」があり「コンビニエンス・ストアから郊外型の大型店」を扱い、もちろん「ＤＶＤ・ＣＤ・ゲームなどとの複合も可能」であり、「初めてのビジネス、転業、事業の多角化、土地の有効活用をお考えの方」に書店経営を提案している。それは「人々に知性・夢を提供する文化性の高いビジネス」であり、「抜群の集客力・定価販売・返品可能と書店経営は大変魅力のあるビジネスです」と、経営をすすめるのである。

しかし、私の住んでいる界隈ではここ二、三十年の間に本屋は三軒なくなり、一軒は規模を極端に小さくしたし、つい今年の夏には、郊外型大型書店タイプの、雑誌とタレント本中心の書店もなくなっている。大型古本店は消え、古本屋は一軒減って三軒増えた（その内二軒は雑貨兼業）ものの、品ぞろえのセンスがまったく魅力に乏しい傾向があるのだが、それはまた別の話だ。

書店経営をしてみないかという広告は、小説雑誌に載っているのだから、多少なりとも本を読むことがあるし、好きと言ってもかまわないと思っている年配の人物のうち、定年退職かリストラだかで転業を考えたり、または事業の多角化や土地の有効活用を考えている人（「100人の村」的には人間に換算して、マツ毛の先ほどにもなるまい部分が存在してるかも）に向っておすすめしているつもりなのだろう。

しかし、「本」という商品を作る側に属している仕事の、一部分に長年携わってきた関係者の一人として、こういうビジネス勧誘があるのは、はじめて知ったわけなのだが、長いこと見聞きしてきた現状から言えば、書店経営が「大変魅力のあるビジネス」とは、絶対に思えないではないか。

なんとなく納得しかねる本屋経営の反時代的勧誘の一方、この夏、紙のメディアでは、それ程大々的にではない、というより、まあ、ささやかな規模と言ってもよいのだが、ネット書店の「アマゾン」に関する記事が、いくつか載った。一つはフランス議会で可決された「反アマゾン法」に関連して、もう一つは、アマゾンが電子書籍の販売条件で出版社を「格付け」する仕組みへの出版社側からの反発を伝える記事（朝日新聞8月28日）である。

反アマゾン法というのは、インターネットの書籍販売で、本を無料で宅配することを禁じた法律なのだが、これはもちろん、本の再販制度のあるフランス国内におよそ三千五百店舗ある「町の本屋」を保護する文化政策としての法律である。

書店開発株式会社の広告の、大変魅力のあるビジネスとして、「定価販売・返品可能」として紹介されているのが再販制度なのだが、私たちがこの広告から連想するのは、いわゆる「町の本屋さん」とさんづけで親しまれる文化と言うよりは、もっと別のなにかである。

落穂ひろい２　昔、本は家具の一種だった

二〇一四年十二月

書店開発株式会社日本良書チェーンが宣伝するような書店経営の魅力などというものが、現実にあるのだろうか。

10月19日の朝日新聞では、「出版大手トップ」への対面取材と、「売り上げ上位10社の大手に共通の質問をもとに」した取材による記事が一面と三面に載っているが、三面の見出しは「ネット急伸・新刊低調・書店減少」と、絶望的ではあるものの、そのリズミカルで覚えやすい語調が「家内安全・商売繁盛・無病息災」という神社むけの万能祈願に似ていて、つい吹き出してしまったのだった。

どっちにしても状況は、書店経営の魅力などとはほど遠いことを示していて、書店はあきらかに、ほとんどの人間の実感そのまま減少しているのだが、まあ、だからこそ、新開店の本屋を、なんとか

増やしたいということなのだろう。この広告が小説雑誌に載った頃、紙のメディア上で多少話題になっていたのは、フランス議会で、インターネットの書籍販売の配送無料は「ダンピング」にあたるとして禁止した「反アマゾン法」が可決されたということだった。

たとえば毎日新聞（7月22日）の読者投書欄には、地方の高校教師が、現在では自分もインターネットで本を注文することが多いけれど、それは以前のように地元の小さな本屋が街から消えて注文さえ出来なくなったからだ、と投書している。大学のある町で近くには本屋とレコード屋があり、58歳の投書者にとって「文化的に恵まれた土地」であったのに、今ではそれが無くなった、と言うのだが、もちろん、それ以前に、投書の書き手の住む町から姿を消したのは何軒かの映画館（そういえば、松本清張の『砂の器』——原作の小説でも、映画でも——には、地方の町の映画館で上映されるニュース映画が決定的な役割を果すエピソードが含まれていた）だったろうし、町の小さな本屋には、本がそろっていないことと、注文しても本のとどくのが遅い、という欠点が、取次制度の不備と共に年中指摘されていたことを思い出しもしたのだったが、もちろん、根本的な問題は、そもそも本（大衆的な分野でとくになのだろう）が読まれなくなったことにつきるのだ。

それとて別に近年にはじまったことではないし、この連載の中で私は、それを読んでいるはずの者が実は読んでいない（典型的な例は、大ベストセラーである『砂の器』かもしれない）ことを指摘せざるを得なかったのだった。

日本の書籍の五冊に一冊をアマゾンが売っているという現在、書店の数の減少に拍車がかかっているのは当然だろうが、9月22日毎日新聞のオピニオン欄の「出版社と消費者どう折り合い」という記事によると、アマゾンの学生向けポイント還元サービスが事実上の値引きであり、再販制度に違反するというので、中小の出版社で構成する日本出版者協議会がアマゾンにサービス中止を申し入れて拒否され、中小5社がアマゾンへの出荷停止を決め、書店業界で中小出版社に対する支援が広がっていることを伝えている。

「00年に全国に約2万1000店あった書店は、現在約1万4000店。アマゾンのシェアが大きくなると、経営が悪化して廃業を余儀なくされる書店がさらに増える恐れがある」からで、首都圏に店舗を持つ有隣堂では、アマゾンに出荷停止をした出版社の書籍を集めたフェアを開き、東京都書店商業組合は、日本出版者協議会を支持する声明を発表したというのである。その一方、大手出版社に表立った動きがないのは「出版不況の中で、ネット書店は重要な収入源になっており、対抗する余力が」なく「アマゾンで販売できなくなれば、著作者が不満を抱くことへの懸念もありそうだ」と、記者は書いている。

アマゾンに対しては、ドイツでは大手出版グループと電子書籍の仕入条件をめぐって対立し、アマゾンがこの出版社グループの本の発送を遅らせ、出版社・書店などのドイツ書籍業協会がカルテル法違反の訴状を提出し、作家や本の著者たち一一八八人がアマゾンに対する抗議文に署名し、アメリカでも同様の事態に対して、「有名作家ら900人以上が8月、アマゾンに抗議する意見広告をニューヨーク・タイムズ紙に掲載」したことが毎日新聞の記事に書かれているが、どうも日本での著作者の反応は、鈍いようである。

たとえば川上未映子は、子育て中で外出もままならない女性たちにこそ読んでもらいたいから、『きみは赤ちゃん』という7月に刊行した本がネット書店にないととても困る、と考えているのだが、アマゾンのシステムがうまく稼働していないと嘆き、「発売40日のうち、半分以上の日数が在庫切れ」だと訴える（『オモロマンティック・ボム！』「週刊新潮」9月4日号）。

「アマゾンでは順位もずっと高いところにあって、それだけ多く読まれるってことでもあるのだけれど、しかし増刷も続いて売れているのにもかかわらず、版元に聞いてみると、どういうわけか、アマゾンからうまく注文が届かないのらしい。だから補充が遅くなっ」たための事態であるらしいのだ。

アマゾンには「在庫&注文の謎」があって「順位と売り上げの関係については公表しておらず、いったいどういう基準で順位が決まっているのか、本当は誰にもわからないらしい」のだが、川上は、ネット上で様々な者たちがアマゾンの「順位」がどう決められるのかという推測を行っていることを紹介し「とにかく、100位であれば1・5分に1冊、10位の本」は「5秒に1冊売れていることになる、という意見」を引用して、思わず売れ行きの冊数を計算してしまう。しかし、はっきりしているのはアマゾンに「今もって在庫が補充されていないってこと！」であり「回復していてほしいなあと、ただただ祈るばかりです。なむなむ、頼む」と、コラムの文章は結ばれるのであったが、私にはよくわからないのが、ここで使われている「在庫」である。

たとえばジュンク堂といった大型書店であれ「町の本屋さん」であれ、本を買う場合、本屋にその本の「在庫」がなかったら出版社に注文してもらうか、別の本屋に行ってみるということになるわけだが、ネット書店で本を買ったことなどない私としては、この「在庫」というものがよくわからない。なぜなら川上は、自分の妊娠、出産、育児体験本が「都内の主要な書店に加えて（傍点筆者）、アマゾンや楽天といったネット店舗における在庫が、いっこうに補充、回復されないということ」に「最近ずうっとやきもき」していると書いているからで、傍点部分に着目するなら、これはネット書店の問題ではなく、出版社の倉庫や取次店におきた問題かもしれないではないか、と気になっていたのだが、しょせん、他人事なのでいつの間にか忘れていた。アマゾン問題の切り抜きに、まぎれ込んでいた「仕組みがすごく気になって」というタイトルの文章を読みかえしても、やはり、なんだかよくわからない。

フランスの「反アマゾン法」に「さすがフランス、日本とは一味違うな」と、なんとも古風な言い方で感心するジャーナリスト、横田増生の「アマゾンの物流センターに潜入し」て書いたという『潜入ルポ　アマゾン・ドット・コムの光と影』を一応読むべきことに遅まきながら気がついた。日本とは一味違う「さすがフランス」には「保護する文化」として、「町の本屋さん」が「国内に約三千五百店舗ある」と、ジャーナリストの横田は書いているが、私の手許にある地図（それも'04年版）を見るとフランスの人口は、およそ五千九百七十万で、一億三千万人の日本に比べると、ほぼ半分の規模である。人口に対しての比率は、一万七千人に一店の本屋があることになり、日本の現在の書店数がこの十年間に一万減って一万四千だというから、ほぼ一万人に一店程度ということになる。そうした状況の中で、日本では五冊のうちの一冊がアマゾンで売れているというわけなのだから、当然、アマゾンが書籍販売の中心的存在として振る舞おうとするわけである。

日本でも、「反アマゾン法」とまではいかなくても、アマゾン的なダンピングの販売方法に対して異をとなえる中小の出版社は存在するのだが、そもそも、アマゾンの本の売り方の形態がどうであれ、根本的には本が売れなくなったということが「出版不況」の最大の原因のはずだ。

まったくの私見だが、戦後の昭和二十年代後半から四十年代後半のある時期、本は家具の一種だったのである。自民党の持ち家推進政策で新たに建てられたささやかなマイホームの壁面のスペースに置く恰好の文化的家具として、セット売りの各種全集（少年少女から青少年、成人それぞれ向きだったり、出版社ごとに少しずつ違いを打ち出した）が売れた好況が、あっという間にすぎ去ったのだ。その頃、もちろん「本」は、まれに読まれることもあったのだが、とりあえずのところ文化的家具である「全集」も本も、読むということを前提になどしないで、売れたのだ。

それが証拠に（というのも変な言い方だが）世界文学全集に収められている名作小説を翻訳した大学

教授や作家などは、ある時期、区の高額納税者の常にトップクラスにいたものだったし、二、三十年前までは、国税の高額納税者だかのトップに、芸能人、スポーツ選手と並んでベスト・セラー作家の名前が常連として登場していたものである。（註・一）

新潮社の社史『新潮社一〇〇年』に同社の業績と活動を中心とした出版史を書いている作家の高井有一が「長らく続いた出版界の好況にも、一九七三年、七九年の二度の石油危機のころから、ようやく陰りが生じてきた」（傍点は金井）と書いているのには、今日の状況からすれば、いかにも驚かされるのだが、この頃から、「本が売れない」という言葉を二言目（いや、一言目）には編集者が口にするようになったのは確かである。

同書の年譜一九七七年には「この年、出版物の総売上げ額が一兆円を超える。昭和四十六年に五千億を売上げて驚異の成長といわれたが、五年で倍増の一兆円産業になった出版業界は、書籍や雑誌を物質商品と等質視する傾向を強める」とあり、その後、一九九五（平成七）年までは経済的問題には触れることはないのだが、同年「出版科学研究所によると、平成七年度は出版物の販売金額が初めて実質的に前年比でマイナス」になり「一九五八年以来、前年を下回ったことはなく、出版社、書店にとって厳しい時代を迎え」「コミックスも史上初めて前年割れ」になり、読売新聞が同年十月に行った世論調査では「本をまったく読まない」（傍点は金井）という人が「全体の四〇・四パーセントを占め、過去最高になった」そうである。もちろん、現在、この数字はもっと多くなっているはずである。

読みはじめたらその急激な成長と転落ぶり（途中から私も作家として、その出版界にいたわけである）が面白くてつい色々と引用してしまったのだが、私が年譜で見つけようとしていた記述は、以前『新潮社一〇〇年』を読んだ時に印象に残った大型書店についての言及で、実は「町の本屋さん」という特別な言い方についての違和感も関係がある。

一九九六年の「大型書店の開店が相次ぎ、十月、紀伊国屋が新宿南店（一四〇〇坪）を、十一月、ジュンク堂が大阪難波店（約一〇〇〇坪）を出店した。背景には書店店頭での売上げ不振が続いていることがあり、大型書店の出店によって中小書店が転廃業を余儀なくされた」というものだった。

アマゾン以前に「町の本屋さん」は、品ぞろえの多い大量販売の出来る書店に客を奪われ、売れ行きの良いベスト・セラーは大型書店（といっても、一九九六年以前の、都心部にある規模の大きい本屋、という程度の）に配本が優先され、注文しても取次から相手にされずに転廃業する、というのが、本を買う立場からすれば常識だったし、「町の本屋さん」の本棚は寒々として読みたい本など置いてなかったものだ。その当時はまだ若い編集者だった人物（今では重役）が地方の書店巡り出張をすると、表紙が変色し、埃が天にまで及んだノーベル賞作家の長篇小説が一冊、再販制度で返品可能であるにもかかわらず、雑多な本に混って置いてあって、本屋に商売をやる気がなくなっているのが、はっきり見える、と嘆息していたものだった。「町の本屋さん」は、ハリウッドのロマンチック・コメディの中のニューヨーク・シティであれば、メグ・ライアンが母親から相続して経営し、大型書店の経営者のトム・ハンクスと、それと知らずにメールのやり取りをして恋をするかもしれないところだが——。『ユー・ガット・メール』（'98年）の頃は、まだアマゾンが書籍販売の独占企業として市場を牛耳ってはいなかったわけである。

朝日新聞（11月7日）にNYタイムズの「アマゾン商法」についてのコラムが抄訳されていて、それはアメリカの大手出版社アシェットとアマゾンの電子書籍の価格をめぐっての対立が、アマゾンの販売上での制裁という形になっていることへの批判なのだが、コラムニストのジョー・ノセラは「ここは正直になろう。知識人がアマゾンにこだわるのは、インゲン豆や便器を販売しているからではなく、書籍を販売しているから」だと書いている。

アメリカの出版社と執筆者との契約関係は日本とは相当違うシステムなのだが、それにしても「アマゾンは書籍業界を変容させつつあり、出版社の役割や伝統的な出版方法を衰退させる恐れがある」とノセラが書いていることは、日本にも関係がないとは言えないだろう。同じ日の紙面に、9月22日毎日新聞で報じられた中小出版社三社（前出の記事から二社が減った）がアマゾンの学生割引に反対して、自社出版物の出荷停止をさらに三カ月延長させると発表したという小さな記事が載っている。

いずれにしても、アマゾン問題は、「本の文化」や「知識人」の「こだわり」、そしてむろん、配送センターの労働問題としてもメディア上で語られるのだが、そういうことがまったく気にならないわけではないにしても、アマゾンの「在庫と注文」「順位」が気になる『きみは赤ちゃん』の作者川上未映子としては、それらの項目が「回復していてほしいなあと、ただただ祈るばかりです。なむなむ、頼む」と、旧世代の人間にとっては、ぶっ飛んだとでも言えそうな調子で書くのである。この、個性的でいかにもまっ正直な祈りを目にして、私は一つ思い出したことがある。

註・一　一九五〇年、レッドパージによって投獄されたハリウッド・テンと呼ばれるシナリオライター全員にとって「これはついに『戦争と平和』を読む機会となった。（ダルトン・）トランボと（レスター・）コールが読破した」とフリードリックは『ハリウッド帝国の興亡』に書いている。『戦争と平和』は一九五六年にハリウッドで映画化（キング・ヴィダー監督）されたが、アメリカでは、長すぎて誰も読まないことでよく知られた名作の代名詞だったようで、五十年代の代表的なアメリカのテレビのホーム・ドラマ『うちのママは世界一』に登場するブック・クラブ運動の読書のすすめを、からかった挿話があった。映画ではなく、文化の香高い原作を読まなければと日頃うるさく主張している近所の主婦が、ブック・クラブの集りで『戦争と平和』の筋を説明することになり、ナターシャ、ピエール、アンドレイ公爵と言うべきところを、オードリー・ヘップバーン、ヘンリー・フォンダ、メル・ファーラー、と言ってしまってから、あわてて唇を噛み、主役の理想的なママ役ドナ・リードは、肩をすくめて、読んでいないのはあなたもね、と目くばせし、集った主婦全員が、当然という顔をして嬉しそうに笑うのである。

落穂ひろい3　町の本屋さん

二〇一五年一月

もとより、思い出したことというのは、大したことではない。

文芸雑誌のバックナンバーを調べれば、それが何年に無くなったというか、何年の十二月号にどの雑誌まで続いていたのかということが、すぐにわかることなのだろうが、まあかれこれ三十年以上は昔のことである。

〈女流作家〉という名称が、なぜか〈女性作家〉という言葉に変わりつつ混在していた時期とも関係がある。今では文芸雑誌誌上ではすっかり姿を消したように思える、十二月号特有の、この一年文壇に発表された小説・批評を巡っての回顧と評価が、主に文芸時評を新聞や雑誌で行った者たちを含めた批評家たちによって、たいていは座談会形式によって行われていたものだった。

もちろん、現在でも新聞の書評欄や文化面や雑誌で、規模を極度に縮少させたとはいえ、今年のベスト・3とか収穫は何か、と問うアンケートの習慣はあり、個人的に、たとえば、『目白雑録5　小さいもの、大きいこと』（13年）という、メディアに一つも書評や紹介の載らなかった本を、「みすず」誌上での「2013年読書アンケート」で二人の選者が選んでくれたことには励まされたのだったが、それはそれとして、たまたま今年発表された作品の中には、基本的にこうした、収穫祭的行事として「一年」と時間を区切ったところで評価されるべき「作品」とは異質のものがあり、毎日新聞の書評欄では、斎藤環が『重力の虹』（トマス・ピンチョン　佐藤良明訳）と『「ボヴァリー夫人」論』（蓮實重彦）を選んでいて、「一年」の中の「三作」という限定つきの選出が、時に、何か、説明するのが困難なある貧しさを露呈させていることに気づくのであったが、話題をもとに戻して、一年間に発表された純文学作品を大雑把にまとめ回顧・評価する座談会形式の中で、何があからさまに行われていたかについてである。

その年どしの話題作と出席者たちが評価する小説や批評が、発表順に取りあげられ、座談会の一番最後に、「女流・新人作品」と一くくりにされたうえで、その年の女流作家の小説と、新人作家の小説が、文学的完成度が同程度のものとして扱われることを疑問にも思わない人々（むろん、男）によって批評（と言えるなら）されるのである。

その後、日本現代文学の女性研究者が、こうした文芸雑誌での女性作家に対する差別的な扱い（批評的スタンスとは言えない）について触れた論文を書いたかどうか（まず、ありそうもない）は知らないが、円地文子であれ倉橋由美子であれ河野多恵子であれ、当時、批評家の評価が例外的とでもいった感じで高かった大庭みな子であれ、批評的文脈の評価としては女流なので新人扱いされていた頃の本屋の棚はどういう状態であったか。

その頃、ある程度の規模の町の本屋さんの棚には、なんと呼ぶのか名前は知らないが、本を見つけやすくするための工夫として作家名を記した差し込み式の札が作られて、三島由紀夫や大江健三郎、安部公房、開高健、遠藤周作といった当時の文学的話題作の、ある意味スター的存在だった作者名ごとに本を集めて並べるシステムが導入されたのだった。

それ以前は、地方都市に限らず、町の小さな本屋さんの書棚は、ごくざっとした分類で、日本文学、外国文学、全集（個人全集ではなく、もちろん、壁面を埋めかつ飾る家具と同一視されていた各出版社の世界と日本の文学全集）、実用書、社会・思想と分けられていたのだったが、町の小さな本屋さん（古本屋や貸本屋も含めて）の親父というのは、昔からどこの町でもそうだったが不機嫌で無愛想な感じの悪い人物《やっ》が多くて（後になって思いあたったが、それぞれの事情を知ってみれば、まあ、無理もないかという知的苦悩の内面や家庭の事情を抱えていたようである）、つい足が遠のき、本を買うためには大型店に行くことになってしまうのだったが、それはそれとして、世界文学全集と日本文学全集、世界少年少女文学全集が読まれるというより売れていた頃（しかし、もちろん、本を読む少年は存在していて、たとえば山田宏一は、新聞を読むのと同じ感じで読んでいたもんでしょ、と言っていたし、本を読まない青年でさえもが、小学生だった私に、ギリシャ神話を読まなくてはと、世界文学全集の中のジョイスの『ユリシーズ』をすすめてくれたものだ）、さらに話が脱線するようだけれど、その頃、そもそも図書館や本屋というものが登場することが多いとは思えないハリウッド映画（様々な本、それも多くの場合、小説を映画化はしても）で、私たちは美人女店員のいる二つの町の本屋さん（ニューヨークとロンドン）の映画を見たものである。『パリの恋人』（'57年）ではオードリー・ヘプバーン（もっとも、彼女は美人ではなく、ファニー・フェイスなのだが）が、ウィリアム・ディターレの『巨象の道』（'54年）ではエリザベス・テーラーが本屋の店員で、それは「本」というものが、ヒロインの知的傾向やロマン主義的傾向を指し示す表徴として使われるということでもあったわけである。

　十九世紀以後、本＝小説は多くの女の読者を獲得したばかりか、多くの女性作者を誕生させたのである。

　ヒチコックの映画にもなったダフネ・デュ・モーリアの『レベッカ』は、女の作者が、退屈しきった金持の年より女の「読者」のために、本を朗読する職業《コンパニオン》の娘のロマンスと、性悪なファム・ファタールをめぐるミステリを書いた名作だろうし、好んで読みひたった類いの小説の中から、それと似たものを書く作者が誕生するのは当然のことだろう。

ついこないだまで、男の作家や批評家が「女流作家」について、どう差別的な態度で遇してきたかの例は、知的な文学者である中村光夫や大岡昇平の差別もあらわな文章を引用してみたいところだが(現在、個人的事情を記せば私は風邪を引いていて、まだ咳がおさまっていないので、本棚から全集を引っぱり出してページを繰って、目的の場所を探すのが、面倒なのだ)、そのような歴史を反映させるのが書店の書棚なのだから、男性作家たちが、その輝かしい作家名の名札(?)をそれぞれ所有した時、全ての女性作家たちは、たしか、「女流」という言葉はすでにややPC(ポリティカル・コレクトネス)的状態にあった時代だったので、「女性作家」という分類の書棚に一まとめにされていたのである。

回りくどい説明になってしまったのだが、前回に書いた川上未映子の個性的文章、アマゾンでの自著の「在庫と注文」が気になって「回復していてほしいなあと、ただただ祈るばかりです。なむなむ、頼む」というぶっ飛びかた(いや、普通のことかもしれないが)を読んでいて、私がふと思い出したのは、さて、何だったかということに戻ろう。

もとより、思い出したことというのは、大したことではない。
とは言え、ざっと以上のような歴史を説明しておかなければわかりにくいエピソードかもしれない。

その当時、個々の男の作家(と言っても、もちろん、有名な)と、「女性作家」として一括りにされて書店の書棚に置かれる、本屋の陳列法についての疑問を私は文芸雑誌のエッセイ欄に書いたことがあり、しばらくして、その頃はまだ若い新進気鋭の作家だった女性作家が、些細なことを重大事のように書く私の文章をからかったつもりだったのか、そんなことより、自分の本が書店で平積みになっているかどうかの方が気になる、と書いていたのを思い出したのだった。本屋の店頭における平積みというものがどういうコンセプトのものであるかは、ここで、わざわざ説明するまでもないだろうという気がするが、これは本がまだ新刊の時にそうするので、〈女性作家〉という固定した書棚の問題とは話がまるで別なのである。

　その時も、といったような説明するのも億劫、という気分になったことも含めて、川上未映子の感想を思い出したのだった。その頃を境にフェミニズムは退潮しはじめたわけだ。

　しかし、それからさらにしばらくして、私は書店の女性店員から手紙をもらったのだった。

　そこには、金井さんのエッセイを読んで、私たち女性店員たちは、いろいろな抵抗を受けはしたけれど、ついに「女性作家」という一括の分類をやめさせて、個人の作家名で書棚に本を置くことを実現させた、というのだ。ささやかなことではあるけれど、私たちと本との関係の新しい一歩です、と書いてあった。もちろん、私がエッセイの中で書店の棚の差別性を書かなかったとしても、いずれは誰かが気がついて、ヘンだ、と言うだろうことはあきらかなのだが、そんなことよりも、平積みかどうかが大事、と思う作家は、なにしろ、五冊に一冊の本をアマゾンが売っている時代なのだから、平積みよりアマゾンの在庫が気になるのだろうし、今や存在しないかもしれない。

落穂ひろい４　小さな（知の）巨人

二〇一五年二月

もちろん現在は、書店で自分の本が平積みになっているかどうかではなく、本の著者は、毎日のようにアマゾンの順位をチェックするらしいのである。

しかし、ふと気がついてみれば、基本的にというか陳腐な正論的には、著者というものが自分の書いた本について関心を持つのは、アマゾンの順位や書店の平積みではなく、それがどう読まれたか（あるいは、読まれなかったか、もしくは、どう読み間違えられたか）ということではなかったろうか。

さて、二〇一五年、年明けそうそう一月六日の毎日新聞朝刊には、「書店空白３３２市町村」という見出しの記事が載っている。

この連載の前々回（’14年12月号）で触れた毎日新聞の記事「00年に全国に約２万１０００店あった

書店は、現在約1万４０００店。アマゾンのシェアが大きくなると、経営が悪化して廃業を余儀なくされる書店がさらに増える恐れがある」という〈数字〉についての、いわば別の視点からのアプローチとでもいった記事である。

「新刊本を扱う書店が地元にない自治体数が、全国で4市を含む３３２市町村に上り、全体の5分の1」、そのうちの七割強が、「有識者でつくる日本創成会議が昨年、「消滅可能性都市」と指摘した」８９６自治体だった、というもので、この「調査」は、記事によれば、書店情報を集計している出版社（「ブックストア全ガイド」を発行するアルメディア）が取次店から書籍を仕入れている書店を対象に実施したものによるのだそうで、昨年、ショッキングな問題として話題になった「消滅可能性都市」とは、「出産の中心世代となる若年女性が２０４０年までに半減するため人口が急減すると推計された」自治体のことである。

私の住んでいる豊島区は、日本創成会議という団体（これが何なのかは知らないのだが）から、東京都23区中唯一の「消滅可能性都市」と名ざされて、区長がショックを隠せなかったものであった。私は２０４０年まで生きているとはとても思えないので、扇情的《ジャーナリスティック》に命名された「可能性」がどうなるかを確かめることは、残念なことに不可能なのだけれど、それはそれとして、この二種類の数字が、〈七割〉というもう一つの数字と重ねあわされることで、記事を読んだ者が思いおこすことは、どういうことか？

「消滅可能性都市」という、読んだことはないがタイトルは目にしたことのあるといった趣のＳＦ小説を思い出させるような命名で「有識者でつくる日本創成会議」によって名ざされた「都市」は、妊娠・出産可能な若年女性の人口が半減すると予想される「都市」のことらしいのだが、本屋が無い「３３２市町村」は、おそらく本屋だけではなく、映画館をはじめ様々な小売商店、本や雑誌を買う人口が減りつづけていた市町村のはずだ。

　妊娠・出産可能年齢というだけではなく、すでに育児中（なので本屋に行くこともままならない？）の若い母親たちが、育児体験を語ったエッセイ集『きみは赤ちゃん』（おそらく、子育てと詩の先輩である伊藤比呂美の「本」のようにユニークだろう、と、すっかり勘違いして、知りあいの二児の母である書店員は購入して、読んだそうだが、今、思い出したのは六十年代の初め、小児科の医師松田道雄の育児エッセイ『私は赤ちゃん』が当時ベストセラーだったことで、続篇の『私は二歳』は和田夏十、市川崑のコンビで映画にもなっているほど売れたのだった。）をアマゾンで買って読んでくれたら嬉しいと川上未映子は考え、売れるように願うわけなのだし、その一方、第一と第三水曜日朝刊の紙面に、日曜日の書評欄とは別に「ブックウオッチング」というページのある毎日新聞は、そこで無署名の短い新刊本紹介コラムと「街の本屋さん」というユニークな書店員紹介の記事を載せていて、六日付け朝刊の社会面七段抜きの「書店空白３３２市町村」の記事の次の日には「街の本屋さん　番外編」として、「町には本屋さんが必要です会議」（町本会）の書店店長によるシンポジウムを掲載し、「本屋」という、女性の出産数の減少と並べて記事化される文化施設についての、深刻な危機意識がうかがわれる。
6日付けの記事には、「作家で、文字・活字文化推進機構副会長の阿刀田高《あとうだたかし》さん」の「町の本屋が減れば子どもたちが紙の書物に触れる機会が減り、活字離れに拍車がかかるだろう。本屋は地元の活字文化を支える存在であり、消滅は地方文化の衰退につながる」という「指摘」が紹介されていて、「本」はことさら未来である出産可能な女たちや、彼女たちの産む「子ども」に結びつけられて、その存続の危機が、それとなくというか、半ば無意識となってしまっている恐怖の影のように滲み出るのである。

本は「知」とともに言論の自由の象徴的存在なのだから、相当の覚悟を持って守らないかぎり、いつの時代でも様々な危機に瀕しているというわけなのだ。

しかし、「ブックウオッチング」欄の下には、扶桑社の、後期高齢者の男性が読者として想定されていると思われる書籍の広告が五冊ほど載っていて、著者の外山滋比古を「90歳の「知の巨人」」と宣伝している。この「知の巨人」という、どう見ても安っぽい感じのする言葉は、たしか、文藝春秋が立花隆についての宣伝コピーとして使用しはじめたのが最初だったような記憶があるのだが、むろん、この言葉の意味は、巨きな知を所有している人物というわけではなく、かつて、〈巨人、大鵬、玉子焼き〉と言われた文脈に近いニュアンスでの「巨人」と解すべきだろう。（註一）

しかし、ふと思い出してみれば、「巨人」という言葉は、この連載中に「裸の王様」という比喩の使い方が気になって読み返すことになった開高健の初期短篇集に入っている、増村保造によって映画化もされた『巨人と玩具』にも含まれている単語でもあったし、アメリカン・ニューシネマの、文化の境界を往復する白人＝インディアンの男が主人公の『小さな巨人』という映画もあった。

開高の「王様」に仮託された小説的意味は、いまひとつ曖昧ではあったが、大手の子供向け製菓業界の販売競争とマスコミを利用する宣伝活動を扱ったこの小説での「巨人」は、わかりやすく、企業とマスコミによって作られて巨大化するイメージ（もちろん、実体は無きに等しいものをスターとして捏造するのだ）と、それを作り出す現代的システムのことを意味する比喩だったろう。むろん、商品の宣伝とニュースに関わるマスコミと企業が、小っぽけな個人をひねり殺しも出来る「巨人」と、現代作家に目される一方、高度成長にさしかかった資本主義社会の日本では「王様」は裸どころか「消費者」になる時代だった。消費は美徳であり、「消費者は王様」となった。

そして、『裸の王様』で扱われていた児童画も、『巨人と玩具』の菓子も、当時まさしく、子供の消費者（金を払うのは親だけれど）として体験している私たちの世代にとって、もう一つの、時に抑圧的に作用したはずの社会教育的主題は、読書と作文である。

その二つを合理的に重ねあわせたケチくさく貧乏性な読書感想文というものもあった。読書がさかんに賞揚されたのは、戦前のナチスによる大規模な焚書や、検閲制度による言論弾圧を否定する民主主義の基本を支えるものとしての戦後的国民国家教育だったわけだが、戦前の豊田正子という少女の、庶民の貧しい生活をありのままに率直に書いた「綴方」がベストセラーになり、昭和十三年には高峰秀子主演で映画化された『綴方教室』にはじまった作文教育は、良心的教師による「自己表現」と「社会批判」と「文学」と「近代」への軽信そのものだったように思われる。

つづり方という、なんとなく絵本の読みきかせや気づきに語感の似ている教育臭の匂う言葉は、私たちの世代が小学生だった頃には作文という言葉に変っていたものの、たしか『つづり方兄妹』という映画もあったはずだし、カッパ・ブックスから上梓された安本末子という少女の書いた作文『にあんちゃん』も映画化されたのを思い出した。国語の教科書には、同年代の児童の書いた優秀な作文が、学ぶべきものとして載っていたものだったのだ！『つづり方兄妹』（昭和33年）は、「モスクワ国際つづり方コンクールをはじめ種々のコンクールで第一位となった」三人の兄妹のつづり方を元にしていて、子供たちの父親はなぜか『綴方教室』の父親と同じブリキ職人で、貧しい在日朝鮮人の少女の書いた作文『にあんちゃん』の父親は九州の小さな炭鉱町の炭鉱夫である。

ブリキといい石炭といい、その頃をピークとしてプラスチックと石油に取って代わられる製品とエネルギー源だったのだから、つづり方も作文も、貧困を率直な飾り気のない子供の目で語った言葉——「王様は裸だ」という真実を、社会や周囲への配慮なしに口にすることが出来ることになっている子供ならではのイノセンスが思いおこされる——で語ることが期待されたのだろうが、同時に日本の戦後社会は高度成長期に突入するのであり、子供消費文化の世界では、『にあんちゃん』（昭和33年）

が上梓された翌年には、少年向き週刊誌の「少年サンデー」、「少年マガジン」が創刊されたのであり、それより少し以前（読んだのではなく、憤然とした調子で語る母親から聞いて記憶しているのだが）、読売新聞社主催の作文コンクールの優秀作品は、実際には見たことのない雪国のかまくらを体験したいと思って、冬休みに母親に連れて行ってもらい、それをルポルタージュのように書いた中産階級（医者）の子女といったようなケースが広がっていたようである。ようするに、率直な言葉でつづられた貧困の真実は、作文のテーマ化しにくくなったのであり、同時に作文コンクールは読書感想文コンクールへと移っていったのではなかっただろうか。

昭和十三年に映画化された『綴方教室』で主役の正子を演じた少女スター高峰秀子は、貧しいブリキ職人の家に育った豊田正子とは比較にならないとはいえ、養父母の言うままに人気子役として宣伝に使われていた製菓会社から沢山もらうお菓子や、ファンからのプレゼントの人形は身のまわりにあふれているのに親子三人がまともな食事にもありつけない倒錯的貧困について自伝の中に書いている。国語辞典という本の存在を、脚本家の夫と結婚した後にはじめて知ったというエピソードも含めて、高峰秀子は成人した後、抑圧されていた自己表現を言語化して綴方＝エッセイに書くことになり、飾らずに知的な独特な魅力のあるエッセイの名手としても名声を得ることになるのだった。

戦前の綴方から戦後の作文コンクール（そう言えば、かつて、作文教育推進者の無着成恭という東北の小学校教師が、現在の教師出身で教育評論家の、通称尾木ママ的なマスコミのスターだった時代があったのを思い出した）全盛の時代の子供の書いた作文に、保守的な、というか、近代的知性派の文学者がどういう反応を示したかと言うと、丸谷才一は、国語教育は専ら日本語を古典も含めてしっかりと読むことに徹すべきで、未熟な者に作文などというもので自己表現を許すようなことを国語教育だと考えるのは決定的な誤りだ、といった意味のことを、作文教育はとっくに下火になっていた前世紀の末頃に発言していたものだった。

綴方（作文）教育に対して、知性派の文学者が批判的だったのは当然で、思い出してみれば、十代の最後の年に太宰治賞の次席になって雑誌に掲載された私の小説について、中村光夫と大岡昇平は、年の若い女性の書いた、戦後の作文教育の成果のような小説を載せるほど日本の文学は困窮していない、という意味の批評を書いたのだったから、私は、とんだとばっちりを受けたとしか言いようのないものの、しかし、秀れた批評の書き手にとって、綴方＝作文は、こまっしゃくれた子役の巧みな演技のように形にはまった書き方を広める大衆教育として意識されていたのだろうということは想像がつくし、「作文教育の成果」という皮肉を利かせた言葉を、未成年の作者の書いた小説を眼にして（読んだとは、とても思えない）、ふと書いてしまうのが当然に思えるほど、作文教育は徹底していたはずなのだ。

作文コンクールに応募するための〈取材〉までする児童と親があらわれるにいたって、作文が読書感想文コンクールという分野に変化して行ったのは、昭和三十年代前半に小学生だった者としての実感でもあるが、新潮社の社史『新潮社一〇〇年』の年譜を見ると（講談社の社史も何年か前に出版され贈呈されたのだが、社長の結婚式だったか日本舞踊の発表会だかの、日本髪で和服のカラー写真が載っているものを見て、うんざりして処分してしまったのが残念。講談社の年譜も参照したかったものである）、昭和二十七年には「この年、文庫本の流行に続いて全集ものが最盛を迎え、書店向け報奨制が盛んに行われる」のだが、同年三月の記述は「無着成恭編による山びこ学校の詩集『ふぶきの中に』を刊行。この頃、児童の生活綴方や作文教師の記録などが流行し、いわゆる生活綴方運動が盛んとな」り、新潮社は『年刊少年少女詩集』『年刊少年少女作文集』などの編纂もやるし、同月二十日には、書店に対して、一冊の売り上げにつき一円の「新潮文庫報奨制を設け」さらに文庫本に続いて、「最盛期を迎え」た「全集もの」にも「書店向け報奨制」を行うのだった。

百年の「年譜」を読んでも、出版ジャーナリズムの歴史を思いおこしても、「全集もの」というのは、十八世紀のフランスの啓蒙主義にはじまる百科全書的な知識のセット販売という方法のことである。

「知識」と「教養」と「文学・芸術」を買う側には、割安感と共に、一冊一冊を選ぶということをしないですむ一種の思考停止というか放棄の便利さ——読まれることを目論んで出版するわけでも、読むことを目的に買うのでもない——があり、セットで本を売る出版社側の有利さについては説明を要すまい。

戦前の日本文学全集にはじまったセット販売は、昭和二十七年の十一月には『現代世界文学全集』全四十六巻が「各巻とも翻訳ものとしては記録的な売行」で、『ジャン・クリストフ』は三巻あわせて四十万部、十万部を超えたのは『異邦人・ペスト』『マルテの手記・ロダン』、九万部を超えたものは『花咲く乙女たち』『プシケ』『狭き門・田園交響楽・背徳者・女の学校・鎖を離れたプロメテ』……と、作者名の記されていない名作外国小説のリストを書きうつす面白さについ熱中しかかるが、さて、私は何を書くつもりだったのか？　人々が、読まないにもかかわらず本を買った理由？

註・一　考えてみれば、この〈知の巨人〉という言葉は、昨今マスメディア中心に使われる〈反知性主義〉を先どりしていたかもしれない。

落穂ひろい５　言葉、あれこれ

二〇一五年三月

　ずいぶん以前から気になっていたのだが、この連載の中で触れるつもりでいて、別のことを書くことになり、それが横道にそれつつ長々と続いてしまったために、つい書きそびれていた幾つかのことを、今回はいよいよ書こうと思う。

　もとより、枝葉末節のことであり、アクチュアルな問題などでは少しもないのだが、今書いておかないと、また書きそびれてしまいそうな、ささやかな内容である。

　一昨年「新潮」五月号（創刊一三〇〇記念号）「小説家の「幸福」」というエッセイの特集に原稿を書いた時、谷崎潤一郎の随筆を引用して、ついその面白さに『雪後庵夜話』だけでなく、全集の他の巻（十八巻から二十二巻）に収められている随筆を読みかえしてしまったのだったが、「氣になること」（昭和三十四年）に例を示して谷崎が書いている幾つかのことは、今でもまさしく気になることである。

たとえば、

全会津
観光と
物産展

という新聞の広告（「澁谷の東横百貨店が出してゐる「全會津観光と物産展」の廣告」）について、これを読み下すのにちょっと時間がかかったと書いているのだが、今でも時おり目にすることのある、いってみれば横書きと縦書きの文字が3×3できれいにそろうというつもりでデザインされた九文字のうち「全」の字だけが白抜きになっている文字組みである。全部が横書きならマゴつかないのだが、五段抜き半ページ大の広告の他の文字の大部分が縦書きなので、つい「津と展」と読んでしまうし、地名を旧漢字の「會津」でなじんだ者にとっては「会津」が地名として即座に頭に浮かばないせいもあるにしても、試みに大正生れの読書人に、この広告の「圖」を示しても、やはりすぐには分りにくいという答えだったと言うのだ。

何年か前、新聞の広告で（切り抜いておいたのにどこかに紛れて見つからない）次のような文字組みを

現代日
本美術
名品集

見て、読みとるのに手間がかかったのを思い出したのだった。名作集だったか名品集であったかの記憶は確かではないものの、この本の広告の他の部分は縦書きと横書きがまじっていて、奇妙なタイトルの三冊の本のようにも読めるのだったが、谷崎が例として出していた五十六年前の、モダンなデザインの新聞広告の場合と同様（「全会津観光と物産展」は「全」の一文字が白抜きになっていることでデザイン意識がよりあらわとは言え）にデザイン

された文字組みである。

谷崎はこの３×３にそろえた文字組みを、読みにくさという観点から違和感として取りあげているのであり、デザイン上の美意識についてまで言及しているわけではない。続いて、新聞や雑誌に載った「折々氣になる言ひ廻し」の例を幾つか挙げ、筆者がわかっている場合でも名前を挙げる必要はなく、言い回しや文字づかいについて、自分勝手な好みで問題にしているのであって、内容の当不当やよしあしにもさらさら関係のない「老人にありがちなおせつかひのさせる業として、どなたも赦して下されば幸甚である」と、何かを批判することにともなう面倒を避けるように巧妙にへりくだる。しかし、昭和三十四年当時（「風流夢譚」事件の二年前）の「中央公論」の読者と言うか編集者も含めて自分たちは知識階級（「文藝春秋」に比べて）と思っていた時代なのだから、読者は、ある種の現代的風潮に対する文豪の批評として読んだはずである。

文豪の数多い小説は読んではいないとしても、いわば国民的教養というか必読書のように広く知られていた、日本語と日本文化について書かれた『文章讀本』と『陰翳禮讃』は読んだことがあるし（全部ではなくパラパラとではあるけれど）、『新々訳源氏物語』の普及版（全四巻）は妻君が本屋に予約するのが品が良いと思っているといった「読者」の存在が、活字メディアの販売側に想定されていた時代でもあった。本が売れていたので、本を読むことが今ほど珍しいことではない時代だったし、映画もまだ観客数の急激な減少を経験する以前、谷崎夫妻は当時のスター女優（現在とは比較のしようのない華やかな存在だった）として名高い淡路恵子や高峰秀子との手紙のやりとりを楽しみ、高峰の大ファンだった老国語学者新村出（と言えば「広辞苑」の）と女優の手紙のほほえましいやりとりを、「週刊公論」に連載していた『當世鹿もどき』の中に書いているのだが、ここに引用するのは、八十六歳だった国語学の泰斗の「デコちゃん（高峰秀子の愛称）讃美」の短歌や、十数の大小のデコちゃんのポスターを壁に張って「小生ひとり捻華微笑の態でございます」といういかにも谷崎の共感を呼ぶ（『當世鹿もどき』の連載が昭和三十六年七月に終った同年十一月号から『瘋癲老人日記』の連載がはじまる）のに違いない手紙ではなく、新聞記者という存在の奇妙さについてである。

三十二年の学士院の会合のあった会場に取材にきていたらしい「朝日の記者」が新村出博士に、先生は高峰秀子の御贔屓だそうですが「秀子はぢきこの近所の永坂に住んでをりますよ。お會ひになりたければ直ぐに呼んで參りますが」と言うのに対して、「「こんな所へ呼びつけるなんて失禮な、藝者ぢやあるまいし」と仰つしやつて、先生はその無禮をお咎めになつたさうです」と谷崎は書いている。

ここに登場する「朝日の記者」のような、お大尽の客の意を迎えようとして芸者をおとしめる出来そこないのタイコ持ちといったタイプの男は、当時は特別に珍しかったわけではなく、通俗的な小説や映画に登場するおなじみの、ちょっとエライ立場にいる社会人の一典型である。新聞記者より社会的地位があきらかに高い学士院会員には頭が低く、映画女優は、座敷に呼べる芸者のように扱う態度を、その場で権威ある老学者から叱責される無神経な女性蔑視のインテリの権威主義的志向が、社名まで出して、あからさまな悪役として書かれることはあまりないにしても、たとえば、次のような例をふと思い出したのだった。

沖縄が日本に復帰して40周年の二〇一二年の五月、朝日新聞に載っていた元毎日新聞記者へのインタビューである。沖縄返還に関して日米間の密約を明かしている機密電文を、外務省の女性事務官に持ち出させ、国家公務員法違反容疑で、一九七二年に逮捕された記者は、TBS系ドラマ「運命の人」で本木雅弘が元記者をモデルにした主人公を演じていたことについて質問され（事件当時、テレビで見た態度や新聞記事から、えばりくさったヒーロー気取りのジャーナリストとでもいった印象を受けたものだったが）嬉しそうにというか自信たっぷりに、先輩ジャーナリストとして答えている。

「普通の役と違うからね。本木君は精いっぱいの演技をしていたと思うよ。あんな風に私もさっそうとしていたのかねえ。ただ、ドラマでは密約が大きな政治犯罪という問題意識が少し足りなかった。それでも想像した以上に反響がありました。硬派中の硬派のドラマだから、驚いたよ」（'12年5月2日朝日新聞）

テレビドラマには当然、機密電文を外務省から持ち出した女性事務官と新聞記者との間の関係が描かれるのだが（当時、二人の関係は当局の発表で「情を通じ」という古風で通俗的な表現が使われたものだ）、元記者は俳優を目下の者か、自分の部下のようにクン付けで呼び自分の姿が「あんな風に私もさっそうとしていたのかねえ」と照れている素振りでもなくヤニ下っているように聞える発言をするが、もちろん、罪に問われた公務員の女性への言及はない。

さて、それはそれとして、奇妙にデザインされた読みにくい文字組みについての話題に戻ることにしよう。谷崎は『氣になること』の中で、新聞の文章のもってまわった分かりにくさについても書いているのだが、まずは文字のデザイン上の組み方について、しばらくぶりに思いだしたことを書いておくことにしよう。

たとえば、本のタイトルというものは、作者が自著に付けたか、何人かの著者の文章を集めたアンソロジーに編者が付けたものが使われるのが普通である。そして、特別な場合を除いて、タイトルは二行や三行にわかち書きされることは滅多にない。私の小説『ピース・オブ・ケーキとトゥワイス・トールド・テールズ』の場合は、本の背にも、表紙の縦横のサイズにも長すぎて一行で収めるのが無理だったので、常識的に「と」で切ってわかち書きにすることにしたのだが、本来のタイトルは奥付や目次にあるように一行なのだ。

なぜそんなことをわざわざ書いているのかと言えば、一昨年の末に笙野頼子『幽界森娘異聞』の講談社文芸文庫版の解説を書き、昨年は同文庫から私の自選短篇集を上梓したので、改めて同文庫のカヴァー表紙の独特な文字デザインを眺めることになったからである。

講談社文芸文庫が昭和63年に発刊されたのは、「世界文学全集」と並んで「日本文学全集」という出版各社が次々と、後にはグズグズと昔日の夢を見果ぬかのように、何種類も出し続けていた書籍の形態の崩壊後のことで、おそらく次のようなコンセプトで発刊されたはずだ。私の印象としては文学全集という制度の中で「一人一冊」という評価（売れ方も批評的評価もある程度定まっている作家ということである）とは少しズレるのだが、ちょいと通好みの文学好き読者の根強い支持を持ち、「文学全集」時代には、二人、あるいは三人で一冊のみならず、明治・大正や、昭和の戦前・戦後に分けられた名作集に収録されるタイプの作家の個性的な魅力のある作品に、かつての「文学全集」の何冊かを入手する手軽さで、読者に接してほしいということだったろう。

むろん、現在でも池澤夏樹個人編集という魅力的な付加価値によって「世界」と「日本」の「文学全集」が教養主義的というか総花的な文学観とは一味違うものとして刊行されているし、そうした文学全集の持つ意味を、粘り強く支えているのが高橋源一郎の日本文学史に関する一連の労作でもあるだろう。

しかし、ここではそうしたことを語るのが目的ではなく、改めて見ることになった講談社文芸文庫のカヴァーを彩っている独特なタイトルの文字組みについての感想を述べることだった。同文庫に私の小説は解説者が作品を選んだ短篇集『愛の生活・森のメリュジーヌ』（背はスラッシュで二つのタイトルが分けられているが奥付では中黒）と『ピクニック、その他の短篇』の二冊が入っていて、その時分からカヴァーにデザインされた小説のタイトルの文字が、いかにもピンとこなかったのを思い出した。

小口よりの上方に横書きで作者名（なぜかその下にローマ字の表記が入るので、『東京オリンピック──文学者の見た世紀の祭典』などは、小口上方の端の講談社編の下に kōdansha と入っている）があり、書名の文字が様々に写植に工夫を凝らしてデザインされている。

『愛の生活・森のメリュジーヌ』は、最初のタイトルが天五ミリ背八ミリの位置から一行で入り、もう一つの短篇のタイトルは、地五ミリ小口八ミリに下部をそろえて二行に分けたタイトル「森の」と「メリュジーヌ」が入っている。『ピクニック、その他の短篇』もタイトルとして一行として想定されているのだが、「ピクニック、」「その他の」「短篇」と三行に分けられ、笙野頼子の小説のタイトルも「幽界」「森娘」「異聞」となる。こうしたデザインのタイトルの文字というか言葉は、読むという点では、最初に例を示した3×3のような読みにくさはないのだが、同文庫版の後藤明生『挾み撃ち』（一九九八年）のカヴァー・デザインは、少し事情が異なる。

斜体をかけた写植の文字の「挾み」が左上方から斜めに置かれ、それよりやや下の右からやはり斜めに「撃ち」が入っているので、二行の特別に組みあわされた文字の形は、カタ仮名の「レ」かアルファベットの「V」が崩れたような形のようになっている。このタイトルを縦組みというかどうかはともかく、習慣として私たちは右から「撃ち挾み」と読むことになるし、ほぼ一字分が上になっている「挾」から読みはじめると「挾みち」と読んで「撃」が浮いてしまう。後藤明生の、一見野心作には見えない独特なユーモアが作品全体に微震を与えているような野心作について、文庫版の解説者が

「ただちに次のような二つの感慨に挟撃されることになるだろう」（武田信明「不意撃ち／挾み撃ち」傍点は金井による）と書いているのを読むと、デザイナーはひょっとして、挟撃を衝突と解釈して、デザインしたのかもしれないという気もするわけで、高度に意識的なデザインであることは確かなのだ。言葉の意味や文字に対する読者の意識が軽くゆさぶられる、という程ではないにしても。

　著名なブック・デザイナー菊地信義（講談社文芸文庫のカヴァーのデザイナー）といえば思い出すのは、新人作家の新人賞受賞小説（新人らしく野心作の）の単行本の本文の組みに加えたかなり突飛な前衛《モダニズム》的試みである。雑誌に発表された時はもちろん普通の縦組みだった小説に、デザイナーは（むろん著者との合意のうえでだが）横に組まれた一行がえんえんと頁を繰って最後の頁にたどりつくまで続き、最初の頁に戻って二行目が同様に続くという、何が目的なのか、とんと要領を得ないものではあったものの、ある種の、「本」と「文字組み」という近代的制度について、何かを問う挑戦的な造本を行ったことである。

　新人らしい初々しい野心を読み取ることの出来るかもしれないその小説は、当時の普通の新人小説だったのだが――。

落穂ひろい6「自分が仕立てた軍服を着たド・ゴール」

二〇一五年四月

横組みの冒頭の一行が見開きページに続くのを読み、ページをめくって、同じように一行を読み、またページをめくって、最後のページにいたり、今度はまた最初のページに戻って、めくり続ける、という、おそらく、何か（既成概念にとらわれた読み方？）に挑戦はしているのだろう、と推測をしないわけにはいかない菊地信義のブックデザインで上梓された、内容的にはそれなりに野心的だった小説（福永信『アクロバット前夜』二〇〇一年）は、二〇〇九年、「これが本当に「新しい」文学だった。ヨコからタテへ——待望の新装版　いま再び〈世界〉に問いかける未来への希望」、「読みやすくなって新登場」という、ミもフタもないし、失笑を禁じ得ない、タテ組みの帯（ヨコ組み旧版は、むろん帯もヨコ組み）を付して、別のデザイナーの造本で『アクロバット前夜90°』として上梓されたが、「小説の夢見た〈自由〉がここにある」という、保坂和志の推薦文はもちろん両方に付されている。

さて、常識的な「本」の作り方から、少し外れた菊地的デザインを久しぶりに見かえして思い出したのは、松本圭二の詩集『アストロノート』（'06年）である。第14回萩原朔太郎賞の受賞作なので、ほとんど書評などというものを目にすることのない詩集という本としては珍しく、何人かの読み手による「選評」を読むことが出来た書物である。

四六判の縦・横を少しつめた細長いソフトカヴァーで二五三ページ、普通本の本文には使われないタイプの濃い水色の紙に、用紙よりは濃いブルーのインクの小さな文字が、二段組みと三段組み、さらに、文頭が半円の弧を描き、文末のそれぞれ長さの異なる行が、ページをパラパラさせると、パラパラ漫画のようにホースの先から噴き出す水のようにも、ススキの穂のようにも見える組みの部分もある造本の独特さと、詩の内容の雑然とした暴力的なユーモアと過激さが合体した魅力的な詩集であり、詩人自身が意図したようには、決して読みにくくはないのだ。しかし、選考委員の一人は、この詩集の造本の、眼にとっても暴力的な読みにくさに辟易として、全ページ拡大コピーをとってもらって読んだというのだ。

その選考委員が、『アストロノート』の内容について、何を書いていたのかは記憶にないのだが、眼に浮かんだのは、２５３ページの詩集を見開きにひらいて一二六枚のＢ４サイズのコピー用紙にグレーと黒のインクでコピーした、かなり嵩ばった紙の束だ。そして、果して、その拡大されたグレーと黒のコピーはそれなりに瀟洒と言えなくもない手になじむ小ぶりの詩集とどちらが読みにくいだろうかと考え込んでしまったのだった。私の考えでは、Ｂ４サイズの拡大コピーである。

もちろんそれは、たかが少発行部数の純文学の文庫のカヴァーの表1にデザインされた小説のタイトルにすぎない。

小説のタイトルというものは、素っ気ない印象や調子の言葉があえて選ばれている場合も多いけれど、それでも、文学的で意味あり気というか、作者によって選び抜かれた言葉で出来ている、ということにもなっている分野であろう。

おまけに、書店の書棚の男性作家と女性作家別に並べてあることより、自分の本が平積みになっているかどうかの方が気になるという女性作家とは無関係な少発行部数分野の文庫である、読書人のための渋くささやかな文芸文庫は、平積みされてカヴァーをむき出しにして売られるのではないから、それを購入する場合、背を見ることになり、どう突飛にタイトル文字がデザインされていても、まったく気にならないわけである。

さて、しかし、横尾忠則は、四つの漢字で書かれたタイトルを持つ小説のブック・デザインをするにあたって、四文字の熟語を本の天と地に二文字ずつに分けた組み（先月号で示した3×3文字方式の

2×2ヴァージョンとも言える）にしたうえで、几帳面なユーモアといった趣きで黒い大きな漢字の中心に白い円を置き、円の中央に読み順を示す数字を書くのである。

本のタイトルは『往古《おうこ》来今《らいこん》』（磯﨑憲一郎）、2×2の組みで置かれたこの四文字は、縦に読めば「古今往来」となり、「古今東西」という耳目になじんだ言葉の連想から、「古今往来」という言葉を自然に読んでしまい、むしろ、「往古来今」という耳慣れない四文字の漢字に、軽い違和感を覚えるだろう。

本の帯にはこの言葉の意味が『新明解四字熟語辞典』を引いて、「綿々と続く時間の流れ。また、昔から今まで。「往古」は過ぎ去った昔。「来今」は今から後。『淮《え》南子《なんじ》』斉俗訓《せいぞくくん》では「往古来今、之《これ》を宙と謂い、四方上下、之を宇と謂う」とあり、時間と空間の限りない広がりをいっている」と書かれているのだが、戦前の教育を受けた世代に比べたら比較にならないとはいえ、漢字の四字熟語や漢字について、ある一定度の知識を持つ私たちとしては、見慣れないこの文字を眼にしてもある程度の意味は理解できるわけで、それはむろん、漢字の一文字一文字の意味（白川静の学問的な語源は別としても）を知っているからである。「往古来今」という小説のタイトルである熟語は、本のカヴァーと表紙にデザインされ、四六判（一八八×一二八ミリ）の平面の四隅に配置されていて、このタイトルの漢字を眼にする者が持つ印象——どこからでも読めて同じ意味を持っていそうだ——を、どこか律気なところのある奇妙なユーモアの精神（小説の内容がまさしくそうであるように）によって、読み順を表わす数字を附けて、しかし、小説のタイトルは①②③④のこれなのだ、と示すのである。とはいえ、私たちは、この小説のタイトルをいつも間違えて口にしそうな気がする。当然、文字（それも漢字）で作られた小説のタイトルが、このような魅力的な作用をデザインの上に引きおこすといったことは、稀な僥倖とでも言う以外にないことではあるのだ。

それにしても、四つの文字がレ点というかV字型に組まれているので、「撃ち挾み」か、「挾みち」としか読めない（この場合、「撃」の行方が読み方のうえで、不明である）講談社文芸文庫版『挾み撃ち』とは、決定的に違うし、谷崎が苛立った3×3方式の文字組みとも、むろん、決定的に違う。後藤明生の小説と磯崎憲一郎の小説の間には、いわば同質のタイプの時間と空間の広がりがあるはずなのだが——。

ところで、同文庫の『東京オリンピック』は、タイトルと四十名の著者たちの名が箔押しの「銀」で印刷されているのだが、これには何か意味があるのだろうか。

さて、『往古来今』という漢字のタイトルについて書いたので思い出したことがある。かなり以前、それを読んで気になったものだから切り抜いておいた'64年生れの女性作家の短い文章の中で触れられていた「漢字」についてである。

「私は十代の一時期をアメリカで過ごした。「君の名前をチャイニーズ・キャラクター（漢字）でどう書くの？」と同年代の少年に聞かれ、死ぬほどびっくりしたことがある。「漢字」は英語では「中国の文字」とずばり言う。言われてみればそうなのに、その時までわからなかった。わかるような教育も受けなかった。」(「改憲論に思う」赤坂真理　朝日新聞13年8月13日)

世界史だったか国語だったか、小学校だったのか中学だったのか、はっきり覚えてはいないのだが、文字の歴史として表意文字と表音文字からはじまり、文字の形象の発展を示す図入りで、漢民族の中国語を書きあらわす表意文字として漢字が生れ、日本ではそれを元に万葉仮名を経て、平仮名、片仮名が作られた、ということを極くざっとではあるけれど、教育されていて、漢字といえば中国の字、ということは常識というのもはばかられる、極めてあたりまえの知識ではなかっただろうか。漢だの唐だの明だの国名はいろいろあるけれど、日本では普通、漢はイコール中国と呼ばれる国のことを意味している。

磯﨑憲一郎の『往古来今』というタイトルが、文字のうえで既視感的な揺れを呼びおこすのは、言うまでもないことだが、私たちが漢字混りの日本語を使っているからであり、それが漢＝中国から来たものだということは四字熟語の場合に、なおさら明白になるだろう。言葉の故事来歴を含めて、普通に使われる日本語では、それは中国を意味するのを誰でも知っている「漢」のものだからだ。

しかし、五十歳になる日本の女性作家は、漢字が中国の文字であることを、十代の頃、アメリカの少年に言われた「その時までわからなかった」と書く(知って「死ぬほどびっくりした」のだという)ということは、彼女たちの世代の受けた世界史と国語の教育は、私たちとは違って、とんでもなく国粋主義的というより超修正主義的なのかと、一瞬思ってしまうし、彼女は何かもっと別のことを言おうとしているのかとも思ってしまうほどだったのだが、実際のところはどうなのだろう。それとも単純に個人的な無知の告白なのか。

概念はまるで別のジャンルなのだけれど、状況や意味をすんなりと理解できないことが書かれた文章を、不思議ついでに引用したい。

社会的成功者を意味する「ひとかどの人物」と呼ばれる程の人間には「寛大で謙虚な人」が多い、ということを語るために、たとえば、次のような例をもちいる文章がある。

「ある会食の席で、日本を代表する学者と同席したことがあった。いちばん奥の席に座ったその人の近くに、しょうゆさしが置かれていた。そのため、同席者がしょうゆを使おうとするたびに、その学者が手わたす形となった。みな恐縮して「先生に取ってもらうのは申し訳ない」と言ったが、彼はにっこり笑ってこう答えた。「お安いご用ですよ。手の運動にもなるし、みなさんの顔も覚えますしね」」

（「香山リカのココロの万華鏡」毎日新聞’14年12月9日）

さて、ここに記述された会食の席でどんな料理が供されていたかは、「しょうゆ」という言葉から、中華か和食と思われるが、中華の場合、醤油は、酢、ラー油か辛子とセットになって小さな盆に載っていることが多いから、和食と想定すべきだろう。漬物に醬油をかける人もいるけれど、この会食の席はおそらく医学関係と見るべきなので、そこまで塩分摂取に無頓着な者はいないと推察して、刺身につける醬油をそれぞれの小皿に注ぐ、という状況と考えていいだろう。ある程度の料理屋であれば、刺身に使用する醬油を含めた調味料は、刺身の盛られた皿と一緒に小皿に入れられたものが供されるので、ここに書かれているのは、気軽な居酒屋の席と思われる。

何人かの集まりで、どういう盛りつけの刺身が供されるにしても、普通、どんな大衆的居酒屋でも醬油さしは、四人に一つ程度の割合でテーブルにソースや楊枝入れと共に用意されているものである。「いちばん奥」の先生の前にだけ置かれていたというのだから、もちろん、かなりの人数（六人以上八人から十人くらいであろうか）がいたのだろうが、そうした場合、「ひとかど」とか「日本を代表する学者」や、そうした人物と会食をする人間以外のたいていの者は、次のような行動をとる。

①従業員に醬油さしを持ってきてくれるように頼む。

②いちばん奥の「ひとかど」先生のところにいちいち「しょうゆ」を戻さず、誰かが小皿をまとめて置き、みんなの分まで注ぐ。

③いちばん奥の「ひとかど」先生周辺の小皿に「しょうゆ」が注がれたのを見て、「しょうゆ」をいちいち「ひとかど」先生の前に戻さず、テーブルの手前の方に置いて、それぞれが自由に使えるようにする。

醤油さしと会食者の関係としては、この三つのやり方が、庶民的には、自然に広く行われている方法だと思うが、しかし、それとも……、と、私は考えてしまう。一九六四年生れの女性作家には、「漢」が「中国」として通用しなかったらしいのだから、ほぼ同じ世代の精神科医にだって、「ひとかど」の行動はわかっても常識的な庶民感覚は通用しないのかもしれない。

極くささいなことではあるけれど、気になることの例をあげることをもう少し続けたいのだが、たとえば、美容院で髪をカットしながらパラパラめくっていた雑誌に、比較的大きな目立つ文字で見出し風のタイトルが二行にわけて、

「自分が仕立てた軍服を着た
ド・ゴールの姿は忘れられません」

と書いてあるのを読んで、読者は（すくなくとも私は）あの英雄的軍人でもあったド・ゴール大統領は、えっ、なんと（！）自分で軍服を縫ったのか、と、初めて知る事実に驚かずにはいられないだろう。

この見出しを読む何日か前、私は知りあいの女性から、「仏軍が軍服を修繕するために兵士に配給した」という赤い台紙の糸巻に巻かれたカーキ色の穴糸をいただいたばかりだったので、ド・ゴールが糸と針を持つ姿が、リアルな感じもして、いぶかしみつつ、記事を読むと、「自分」というのは、ド・ゴールのことではなく、この記事の中でその仕事ぶりが語られている日本人のフランスで修業し

た仕立屋のことなのである。

私が校正者だったら、記事を書いたライターに、「自分」を「私」と、直しては？　と、つつましく提案したいところなのだが……、あのてのグラビア系雑誌に校正者はいるのだろうか？

確かに私の経験では、ある種のグラビア系雑誌に原稿を書くと、校正の赤が入ったゲラを渡されることがないので、しかたないから、自分でゲラを校正しているのだが……。

落穂ひろい7
「こんなに沢山《さわやま》の自販機は全く不要である」と、「産児制限」「ヘップサンダル」
二〇一五年五月

先月号にグラビア系雑誌には校正者がいないのかもしれない（書き手が自分の書いた原稿のゲラを自己校正するのである）と書いたのだが、校閲部がちゃんと存在している毎日新聞の論説委員落合博は「発信箱」というコラム（'14年12月25日）の中で「活字の番人」と「品質管理」という言葉を使って出版における校閲の仕事を紹介している。

吐き気がして目をそらさずにはいられない「嫌韓」「嫌中」のヘイト・スピーチに対して「非暴力で対抗する」立場のカウンター活動に参加する弁護士神原元氏の『ヘイト・スピーチに抗する人びと』の刊行記念イベントでのことである。同書の担当編集者の女性が「歴史的事実の誤認や歪曲」による主張や意見を展開するのが特徴のヘイト本に「品質管理を担当する校閲が事実の誤りを正せば主張や意見の根拠は崩れる」と「「品質管理」の重要性を訴え」たのだそうだ。「しかし」と、毎日新聞の論説委員は続ける。出版社で長年校閲を担当する男性によると「誤りを指摘しても著者や編集者との力関係の中で反映されず、誤字脱字の確認しか要求されないことも珍しくない」し、経費削減のために校閲を外部委託している会社もある、というのだそうだ。

ところで、今月の本欄のタイトルの前半部「こんなに沢山《さわやま》の自販機は全く不要である」という文章は、朝日新聞の経済面の匿名コラム「経済気象台」（'11年6月22日「この欄は、第一線で活躍している経済人、学者など社外筆者の執筆によるものです」とのことわり書きあり）に載っていたもので、内容は、住宅地の狭い路地にやたらと沢山あるのが眼につく自販機について、「消費税の還付対象にならないマンションの建設費を自販機設置によって一変させる」「租税回避」の手法が採用されたからだというものなのだが、もちろん、私がここで扱うのは「沢山」にわざわざ振られている「さわやま」というルビについてである。

「沢山《さわやま》」はひとまずおいて、毎日新聞のコラムの書き手である論説委員は次のような結論を書く。

「校閲の仕事は幅広く、深い知識が要求される。引用や出典のチェック、書かれた文章の内容そのものにも目を光らせる。活字の世界においては番人のような存在であり、「ヘイト本」が氾濫する書店の景色を変える可能性を持っている。／カウンター活動の中で校閲の役割はもっと評価されていい」（傍点は金井）。

論説委員によるこの短文の主張が、どこか心ここにあらず、というか、奇妙に浮わついた印象を与えるのは、校閲に過大な責任を負わせるような妙な論理のせいだろう。傍点を付した部分は校閲というより検閲のようではないか。

校閲という仕事は、オリジナルな原稿が印刷されて流通する媒体にとって、必要不可欠なものなのだが、ほとんどの書き手は、編集者とは直接的に原稿について批評的感想を含めての会話があっても、校正者と原稿をめぐって直接的にやりとりをすることはあまりないだろう。

むろん、こちらの書いたものや事について、調べた資料を添付して疑問を示してくれるといったことはよくあるし、熱心に原稿を読み込んでくれる校正者（女性である）は、たとえば、郵便小包にかける麻紐のかけ方や、ボタンホール・ステッチの刺し方を説明する文章中の針の運び方の順序を、違うのでは？　とチェックしてくれたりすることがあり（お目にかかったことはないのだが）、子供の頃、手芸をしたり箱に紐をかけて結ぼうとしていたりすると、手さきの不器用さを苛立つ母親に、そうじゃあない、と、よく注意されたことを思い出しもして、ムッとなりつつ楽しいことは楽しく、しかし、ほとんどの場合自分のやり方（というか書き方）を通すことになるのだが、論説委員が、出版社の「男性」ヴェテラン校正者によれば、として、「誤りを指摘しても著者や編集者との力関係の中で反映され」ないことがある、などと書くのはいかがなものだろう。

　誤りの具体例が示されていない、こうした書き方は、『ヘイト・スピーチに抗する人びと』の担当編集者の「女性」が刊行記念イベントで訴えた「ヘイト本」の「歴史的事実の誤認や歪曲」に基づく主張を「品質管理を担当する校閲が事実の誤りを正せば主張や意見の根拠は崩れる」という発言の引用の後に、「しかし」と続けられる。担当編集者（女性）が、過大な期待をかけて夢見るように、事実の誤りを正す校閲の品質管理程度のことで「ヘイト本」の根拠が簡単に崩れるのであれば、世界に歴史修正主義や人種差別的主張は、とっくに根絶されているのでは、という、ほとんどの読者が持つはずの単純な疑問を回避するかのように、論説委員は、出版社のヴェテラン校閲者（男性）の語る実態を紹介する。

　その仕事はしばしば、著者や編集者との力関係で「誤字脱字の確認しか要求」されないし「経費削減のため」校閲を「外部委託している会社もある」。

　そして、そのうえであらためて、校閲が「活字の世界においては番人のような存在」なのだから「ヘイト本」の「氾濫する書店の景色を変える可能性を持っている。／カウンター活動の中で校閲の役割はもっと評価されていい」と結論付ける。

　ある種の編集者というのは図々しいところがあって（新聞記者も例外ではない）、自分がチェックできずに見落とした著者の原稿の誤りを校正者のせいにする傾向があるのは確かだし、また、校閲的読み方とでも称すべき一種かたくなな性質、については、花田清輝が「校正おそるべし」というタイトルのコラムの中で創作した話なのかと思うが、「夜郎自大」という言葉を何度も「野郎自体」と直してしまうというエピソードを書いていたし、私の経験からも、事実の誤りをチェックするのに正確さを期する職業意識で、たとえば、小説の登場人物の迂闊な資質をあらわすために間違ったことを語らせたりする文章を、前後の文脈と関係なく「?」つきのチェックをして、インターネットで検索した資料を添付してくれることがあったりする。

これは、もちろん有難いことで、原稿を書いてそれが印刷されるまでには、完璧とまでは言えないにしても間違いを可能なかぎりなくそうというプロフェッショナルな作業が絶対に必要なのだが、コラム「発信箱」で論説委員が主張しているような意味で、校閲を「活字の番人」化することは可能だろうか。楽観的に「ヘイト本」の根拠が校閲によって崩れる、と言う編集者(性別は関係ない話題だと思うのだが、わざわざ、女性であることが記されている)の発言と並記して、ヴェテラン校閲者(男性、である)の著者や編集者との力関係で「誤りを指摘しても反映されない」という体験が記されているというのに?

さて、「沢山《さわやま》」である。誤報記事の内容のチェックまでは出来ないとしても、誤字脱字の確認は要求されるはずの校閲は、そうは言っても、極めて初歩的な、職業的誇りを持たないようなミスを見落としているではないか、と何年か前に朝日新聞社を早期退職した人物に質問すると、経費削減のために記事の校正を書いた本人がやるようになったからではないか、とやや困惑した憂い顔(この程度の小さな間違いは大した問題ではないと思ってるようにも感じられる)で説明があったのだが、それでも気になって、これは校閲のまさかのミスではなく、そういう読み方もあるのかと家にある何種類かの事典(『広辞苑』は持っていない)を調べてみたところ、『大辞泉』(小学館)にようやく、「さわやま=沢山・多山」が載っていて、説明は「「沢山(たくさん)」の訓読み。江戸時代、多く女性が用いた語」とあるではないか! この、耳慣れないし見慣れないのも当然の江戸の訓読みは「経済気象台」の第一線で活躍する筆者が、わざわざ(勘違いの気取り方で)振ったものだったのである。『大辞泉』に出ている用例も浮世草子の「武道伝来記」の「——にかろき奉公人に、大壁六平といへる男あり」というものである。「自販機」が「小規模なマンションの入り口に面した」道路沿いに「沢山《さわやま》」にある、という用法を、校閲者は辞書的説明を示したうえでとりあえず「?」にして書き手に示してもいいと私は思う。

たとえば、あるインテリの登場人物が戦時下(歴史的にはまだ書かれていないのに)、ヘンリー・ミラーの破壊的言語実験でもあった『セクサス』('49)を「端正で美しい日本語」で訳したい、と思うという小説中の記述(『日々のあれこれ 目白雑録4』をお持ちの読者は面倒ですが、二一一ページを参照してください)を、編集者経験のある作家は、校正者のミスだと迷わず断定するのだったが、これなどは、やはり「誤りを指摘しても著者や編集者との力関係の中で反映され」ないものだったわけではなく、

「世界文学全集」が本棚の飾りとしても使われない時代のせいで三者ともに知らなかったわけである。

では、これはどうなのか、と思い出されるのは、小説の読み巧者としての批評的センスも名高い丸谷才一の『女ざかり』（'93）である。上梓された当時、私は書評を書いたのだが（『金井美恵子エッセイ・コレクション1』を参照）、その中で女性の新聞記者が、〈もう、この政治家。妊娠中絶と産児制限の区別もつかないなんて〉と、保守派政治家を批難する台詞があり、これも前記の元編集者的には校正者のミスということになるはずだが（説明するまでもなく、マーガレット・サンガー夫人のはじめた社会運動産児制限《バース・コントロール》の範疇に妊娠中絶手術も含まれるのだから、ここは校閲であれ、編集者であれ、作者であれ、「中絶手術と避妊の区別」とすべきであり、三者の誤りである）、さしずめ、出版社のヴェテラン男性校正者であったのか、と言いたくなるところである。

バスコンという略語が、ある時期まで避妊の意味で使われていたにしても、この用法は誤っている。『女ざかり』刊行後、衆院選があり、同時にある最高裁判所判事を選ぶ○×式の選挙（?）用に、候補者たちの経歴や趣味を紹介する新聞紙面の最近読んだ本を挙げる項目に、『女ざかり』を挙げている人物がいたが、私はもちろん×をつけた。

あるいは、『女ざかり』の産児制限という言葉の誤用は、ささやかなミスにすぎないという立場をとるにしても、しかし、一九九二年当時、この「産児制限」という言葉は使用されていなかったし、政治的宗教的保守層による優生保護法改悪の動きが話題になっていたはずで、新聞紙上の社説的問題としても日常語としても現実的に使われていない、いわば歴史的ともいえる言葉が小説中に使われているのを校閲がチェックできなかったのは、出版制度の中の「力関係」というより、丸谷才一が旧仮名を使用するせいで、校閲係がつい時代錯誤におちいり、死語を見落してしまったのではないか、という気もするのだが、「引用や出典のチェック、書かれた文章の内容そのものにも目を光らせる」「活字の番人」と校閲の作業を最大限に評価する毎日新聞の論説委員は、どう考えるだろうか。

　この二つの例は、小説中の、ささいではあるけれども、ある意味重要な意味を持たされている挿話の中で登場する言葉というか事象についてのミス（校閲の見落しか、「力関係」か）だったが、では、アーティスト森村泰昌が、オードリー・ヘップバーンと「ヘップサンダル」について（自ら『ローマの休日』の王女に扮した写真つき。「美の毒な人々」第33回「花椿」'15年3月号）書いた文章はどうだろうか。

　しかし、その前に南伸坊とは全く正反対の、アートっぽいウハゴト的文章も書く森村はむろん、誰かに扮するセルフポートレイト（南伸坊の『本人の人々』や『歴史上の本人』に比べて設備投資が高そうである）で知られた美術家だが、文章だけではなく、アン王女に扮した写真も、決定的に間違っていることを指摘しておきたい。

　まず、『ローマの休日』（日本公開は'54年）はモノクロ映画なのだから、いくら「花椿」のこの連載ページがカラーであっても、扮装写真もモノクロにすべきである。映画の中でヘップバーンが着たフレア・スカートはカシミアのグレーかブルー、ボウタイ付きのブラウスは白い絹、ローマで買う紐結びのサンダルと白っぽい地の四隅に何本かの紐の入ったスカーフはエンジ系の赤と考えるのが、五〇年代のファッションを考えれば常識で、スカートをサマーウールの、まして霜ふりのピンクなどにしてはいけないし、スカーフの色も違う、と言いたくなるのは、森村の扮装が（南伸坊の批評意識とは決定的に違って）アート的生真面目さを愚直に保守しているからである。

さて、森村の文章である。「『ローマの休日』の中で王女が履き替えたこのありふれたサンダルを、当時の日本人たちは、「ヘップサンダル」と呼んだ。このすばらしいネーミングによって、近所の市場での日々の買い物のときでさえ、足元にヘップサンダルがあれば、女性たちはみんな、もう『ローマの休日』の高貴なアン王女／ヘップバーンになれるのであった」

当時、「ヘップバーン旋風」といわれたヘップバーンの人気と映画から生れた流行は同じ年に相ついで公開された『麗しのサブリナ』を除いては語れず、サブリナ・シューズやトレアドル・パンツ、そして髪型（『ローマの休日』と『麗しのサブリナ』の二作で、当時の地方の子供にまでその名が定着したのがヘップバーン刈りである）なのだが、「ヘップサンダル」または「ヘップばき」というものが登場したのは、『ローマの休日』の結び紐付きのサンダルではなく、『麗しのサブリナ』におけるミュールの影響なのだ。

「ヘップサンダル」は『大辞泉』には載っていて、かかとの部分にベルトのないつっかけて履くサンダルで、『麗しのサブリナ』でA・ヘップバーンが履いたことからの名、と説明されている。

「ヘップサンダル」は私たちの世代の記憶には、もっぱら家内工業で作られたそれを張りあわせるための接着剤として使用されたトルエン中毒と結びついてもいるし、小松川高校事件とも重なるものなのである。

森村の文章の誤りが放置されているのは、校閲の責任だろうか？

いや、それよりも、オードリー・ヘップバーンという女優の存在がすでに忘れかけられているということなのだろう。彼女が映画の中で本当は何を着て、何を履いたかなど、大した問題ではあるまい。

落穂ひろい8　ヘップサンダル、そして、戦後

二〇一五年六月

通称「ヘップサンダル」と呼ばれたビニール製の簡易な突っ掛けの履物の、「ヘップ」の部分が、オードリー・ヘップバーンの名に由来していることなど、現在では多分些細なことにすぎないのだし、まして、オードリーが、「ヘップサンダル」または「ヘップ履き」とも日本で呼ばれることになった「サンダル」を履いたのはどの映画の中だったかということも、さらに取るに足りないことだろう。

しかし、オードリーの父称から命名された「ヘップサンダル」を、現代美術家森村泰昌のように、「王女が履き替えたこのありふれたサンダルを、当時の日本人たち」がそう呼び、「このすばらしいネーミング」のせいで日常的な市場での買物の時でさえ「足元にヘップサンダルがあれば、女性たちはみんな、もう『ローマの休日』の高貴なアン王女／ヘップバーンになれるのであった」と考えるのは、

まったく間違っているのである。

それが証拠に（というのも大仰だが）そう書く森村本人も、いわゆる「ヘップサンダル」にそこまでの夢を見させる能力があったとは考えにくかっただろうし、アン王女に扮した写真を撮るために、当然参照にしたはずの『ローマの休日』のDVDなりスチール写真には「ヘップサンダル」なるものが映っていないので、文中に登場する肝心な「ヘップサンダル」を履いているはずの足をフレアスカートで隠すポーズをとっている。

「戦後七十年」のキャンペーンがメディアをにぎわしている今年だが、「ヘップサンダル」の「元祖」となった突っ掛け式のモード系サンダル、今日の通称では「ミュール」を、オードリー・ヘップバーンが履いた『麗しのサブリナ』と、『ローマの休日』が日本で公開された昭和二十九年（一九五四年）、私はまだ七歳で、なにしろ「終戦」から九年しか過ぎておらず、一九五〇年に起きた朝鮮戦争の休戦協定が成立したのは、前年である。

ハリウッドの映画史的には、赤狩り旋風（日本ではオードリーの人気も、ヘップバーン旋風と呼ばれたのだったが）によってハリウッドから追放された脚本家のダルトン・トランボが変名を使ってシナリオを書いた（ロバート・リッチ名義でシナリオを書いた『黒い牡牛』では'56年のアカデミー原案賞をもらっている）ことでも、後に『ローマの休日』は知られることになる。

アメリカ人のローマ駐在の新聞記者グレゴリー・ペックのアパートで、鷹揚な態度で満足そうにパジャマに着がえる王女は、日頃、尼僧か老女が着るような布地をたっぷりと使った、まるでズダ袋かシーツにくるまっているようなネグリジェを着ているのだが、世間ではパジャマは上か下の一方だけを着るのが流行っている、とどういうわけなのか信じているという設定で、翌朝目を覚して自分が紳士用の縞のパジャマを着ているのに気づいて、あわててシーツに手を入れて、ズボンをはいていたかどうかを確かめるのだった。そうした、イミシン（という古風な略語を思わず使いたくなるのだが）な仕草が、エロティックな意味をおびる気づかいの一切無用という稀有な女優（そのせいで、ハリウッド的には「欠陥商品」でもあったはずの）であるオードリーは、『ローマの休日』で非ハリウッド的な幾つかのイメージを演じたのだった。

たとえば、ほんのいくらかでもセクシーな気配のある女優にそれをやらせたのでは当時のコードにひっかからないまでも、無邪気な印象は決して与えない、コーン入りのアイスクリームを舐めるシーンは、パジャマのシーンと共に、一瞬たりとも性的イメージに結びつかないので、誰もオードリーとグレゴリー・ペックのパジャマからエルンスト・ルビッチの『青髯八人目の妻』（'38年）のゲーリー・クーパーとクローデッド・コルベールの「パジャマ」（クーパーが紳士用品売場でパジャマのシャツだけを買うと主張して店員を困惑させているところに、パンツだけが必要だと言うコルベールが登場する）を思い出したりはしないのだが、つい最近翻訳の出た『ルビッチ・タッチ』（ハーマン・G・ワインバーグ　宮本高晴訳　国書刊行会）に収められている山田宏一のエッセイを読んでいて、突然、『ローマの休日』のパジャマを思い出したのだった。レッド・パージで投獄されたダルトン・トランボがグレタ・ガルボがソ連の女スパイとして登場する『ニノチカ』をどう見たかはともかく、ルビッチを見ていないわけがない。

　それはそれとして、一九五四年に公開された二本の主演映画で世界に旋風を巻きおこし、若い娘たちの流行を作り出したオードリーなのだが、戦後生れの私たちの世代にさえ、様々なレベルで戦争の影響が身近なところにいくらでも色濃く残っていたその頃、今、不意に思い出したのだが、子供たちの間にあった「地図」という遊びだ。

　朝鮮半島らしき形の地図を地面に白墨か蠟石で描き、半ばあたりのところに「三十八度線」を引いて、遊びのルールの詳細は覚えていないのだが、子捕り遊びの変形だったことは確かで、三十八度線の向うへ入ると捕えることが出来なくなるというルールに加えて、「李承晩ライン」というのもあったのだが、これが遊びの中でどういう機能を持っていたのか覚えていない。

　いずれにせよ、「戦後」の子供の遊びの中に、同時進行していた「朝鮮戦争」は反映されていたのだし、映画に連れて行ってもらえば、スクリーンの中には、「夢の工場」製の総天然色の豊かな世界もあったけれど、戦争や貧しさにあふれていて、いくら幼い子供だったとはいえ、『無防備都市』（’50年）や『自転車泥棒』（’50年）と、穏やかな市民生活がとどこおりなく営まれている『ローマの休日』が同じ「ローマ」だとは思いもしなかったのだった。たしかに、ローマは「永遠の都」で、「一日にして成らず」であり、「ローマではローマのやり方」に従うのだし、「全ての道」がそこに通じている。バイロンの詩からとられた「他人の犠牲のうえで楽しむ娯楽」や「虚飾」という意味の慣用句Roman Holidayをタイトルにした、ハリウッドのレッド・パージされた左翼系脚本家の教養をうかがわせる皮肉なタイトルの『ローマの休日』である。

「戦後」の貧しさと戦時下の抑圧と物質的困窮の記憶がなまなましかった昭和二十九年、群馬県の桐生市に住んでいた坂口安吾は、マリリン・モンローのエロさと無関係な「あどけない」魅力について書きながら、映画館の前のいつも一杯になっている自転車置場がガラガラなので、これならば空いてると思って、『ローマの休日』上映中の映画館に入ったところ、女性客で満員だった、と書いている（「桐生通信」）。

安吾の文章からは、桐生では自転車に乗って映画を観に行くのは男性であり、映画を観るのは自転車に乗る男性が多い、とでもいった不思議な事情が見てとれるようにも思えるのだが、それはそれとして、オードリー・ヘップバーンが女性たちに圧倒的に支持された女優であることも、はっきりとわかるのであり、その後（実質的には『ティファニーで朝食を』（'61年）までのことだが）彼女がスクリーンのファッション・リーダーであったことが思い出されもする。

ところで、『ローマの休日』の何が、ほぼ世界中の若い女性のファッション感覚に強い印象を与えたかと言えば、様々な消費すべき物質が不足していた時代、清純な少女の象徴のように長く垂らした髪をカットするという印象的なシチュエーションによって、寄宿制女学校の制服のような平凡なグレーのフレアスカートと白いボウタイ付きのブラウスという平凡な服に魔法が働く「変身」だったはずである。

かた苦しいボウタイを取って第一ボタンを外し襟を開いて縞柄のハンカチを男の子のように首に結び、袖をフレンチ・スリーヴ程の長さまでまくり、黒いパンプスを屋台の店で売っているカジュアルなサンダルに履き替えるだけで、女学生の制服を着たような「王女」を魅力的な「ローマ娘」に変えた、あっ気ないほど簡単で安あがりな、逆シンデラとでも言えそうなファッションの魔法(それを使ったのは、パラマウント撮影所で、戦前の一九二〇年代から衣装係――コスチュームデザイナーではなく――を務めていたイディス・ヘッドである)こそが、まだ戦争の記憶が歴然と残っていた(それと共に戦前の記憶もまた)一九五〇年代の若い娘たちの、美しい着こなしと装いへの憧れの気持を捕えたのである。

ダルトン・トランボとしては、ハリウッドきっての稼ぎ手の脚本家が赤狩りによって有罪となり、貧民《プロレタリア》たちと共に収監された刑務所での体験で思い出したのに違いない――むろん、共産主義者である彼は自身を王子《プリンス》に擬するつもりはないにしても――マーク・トゥエインの『王子と乞食』の設定を、現代の王女に変えたらどうだろうか、という発想があったのだろうと想起させる『ローマの休日』ではなく、文字通りのシンデレラ物語であった『麗しのサブリナ』(この映画で、オードリーは、なんと二種類もの履き物――一つはガラスでこそないが、脱げやすいミュールと、スポーティーなサブリナ・シューズ

――を流行させたのだった）と『パリの恋人』で衣装デザインはフランスのオートクチュールのデザイナー、ジバンシィーとのコンビで流行のリーダー的存在になったのである。

しかし、あまりの知名度の高さは、逆にファッション性から限り無く遠ざかる傾向がある。ファッショナブルでスポーティーだったミュールは「ケミカル・シューズ」全盛の日本で、ケミカルな薬品でビニールを張りあわせる技術を使ったヘップサンダル（ヘップ履き、とも）となり、ジバンシィー（やディオールやカルダン）が日本企業にブランド名を売る契約をしたせいで、Ｇマーク（と言ってもグッド・デザインのマークではない）の、スリッパやコタツカヴァーやお皿が結婚式の引き出物として出まわることとなったのであった。

さて、やっと、技術的にヘップサンダルを可能にした「ケミカル・シューズ」にたどり着くことが出来たのだが、小松川高校事件にまで言及するスペースが残っているだろうか。

小松川高校事件として知られる、未成年の定時制高校生による同じ高校の女子生徒殺人事件は、その後、「太陽族」の生みの親であり、スポーツ刈りのヘア・スタイルが「慎太郎刈り」と個人名を付して呼ばれることにもなった芥川賞作家の石原慎太郎が、事件から触発された映画（オムニバス映画『二十歳の恋』（'63年）の一挿話）を撮ったことでも知られている。犯行当時十八歳の未成年であったにもかかわらず、犯人の在日朝鮮人の李珍宇には翌年死刑判決が下され、昭和三十七年には死刑が執行されたのだが、それを題材の一つとして大島渚は『絞死刑』（'68年）を撮っている。

何年か前、まだ東京都知事だった石原は、青木ヶ原の樹海を舞台にした小説が誰か若手映画監督によって映画化されることについて感想を求められ、冗談まじり（というより記憶の混濁のせいか？）に、というか見当はずれに、自分の方がゴダールより先にヌーヴェル・バーグだったんだよ、と答えていた。ところで、『二十歳の恋』でオムニバスの一作（『アントワーヌとコレット』）を撮ったフランソワ・トリュフォーは、中平康の『狂った果実』（'56年）の映画評に「一九五六年、作家のイシハラは日本のゴンクール賞ともいわれる芥川賞を受賞し、一大スキャンダルになった。というのも、たしかにイシハラはまるで足で文章を書いているかのようだ。」（『トリュフォーの手紙』山田宏一）と書いていたのだが、小説を読んだわけでもないトリュフォーは、それが足で書かれた（足で書く、ということは下手とか不器用という慣用的な表現）ことをなぜ知っていたのか不思議だ。五〇年代のフランスの美術界ではアンフォルメル（非定形主義）が全盛で、その影響をもろに受け、習熟した手の痕跡で形作られた美術史を否定するために、日本では前衛美術、〈具体〉の白髪一雄が天井から吊されたロープで腕を支え、本当に足を使って油絵を描いたものであったが、それはそれとして、小松川高校事件は、様々な作家や映画作家に衝撃を与え、深沢七郎は自分しか知らない事実を自白する誇らかさと小説を書くことが重なりあう「場」として、短篇『絢爛の椅子』に書いたのだったが、それは、犯人の少年が自分の書いた短篇を読売新聞の短篇小説コンクールに応募していた事実が大きく報じられて話題になったためでもあっただろう。

当時、人々はドストエフスキーの小説と、李珍宇の生活の現実の貧しさと、彼の知性と不幸をある種の共感を持って語り、少年法を逸脱して下された死刑（後の、永山則夫と同じように）について、衝撃を受けたのだったが、私が思い出すのは「ヘップサンダル」が作られていた現場である。

下町の工場というより、終戦後間もなく急造された貧しい造りの住居で（家内工業というと聞えが良すぎるようにしか見えない）「ヘップサンダル」が作られているのを、何故知っているかと言えば、ニュース映画で見たからで、ミシンで縫製したサンダルの上部と底を張りあわせるために使用する接着剤に入っていたトルエン（シンナーの成分の一つで麻酔性の劇薬）が引きおこした深刻な中毒が社会問題になっていたのだった。李の母親はヘップサンダル工場で働くか、内職でサンダルの底を張る仕事をしていたはずである。新聞を読むという年齢ではなかったから、おそらく、母親に聞いたのかもしれないが、私としては、映画の中で北林谷栄（だったように記憶しているのだが――）が暗い長屋で黙々とサンダルに接着剤を塗るシーンの記憶があり、しかし、あの石原慎太郎が『二十歳の恋』で小松川高校事件を扱ったとはいえ、そういう場面を撮っただろうか、という疑問も残るのである。

いずれにしても、「ヘップサンダル」はそれが出来た当時から、アーチストの森村泰昌が言うような夢見るハキモノなどではなく、足袋に下駄から靴下と靴へと移行する時期の、つっかけとも呼ばれた履き物なのである。貧困とトルエン中毒に結びついたものだったし、そもそも、お勝手先や庭、そして近所の小売商店までの履き物だったのである。

「名画」を「記憶」で語る曖昧さ

二〇一五年七月

　いわゆる名作映画、「名画」について人々はそれが新作として公開された時に見た「記憶」をもとに語るわけではないだろう。

　テレビが普及した一九六〇年代、放映するコンテンツ（という言い方は、当時はなかったが）の重要な素材として昔の映画（主にハリウッド）があり、土曜や日曜の夜（後の週休二日制下では金曜も）のゴールデン・タイムに、映画雑誌で名の知られた映画批評家の名をよりポピュラーにした解説付きの「名画劇場」や「洋画劇場」、そして深夜放送では、日本未公開の名作や戦前のものを放映していた一方、映画館の数は減るばかりだったのだから、『ローマの休日』や『麗しのサブリナ』や『真昼の決闘』といった「名画」をスクリーンで見た者より、それを初めて見たのは日本語吹き替えで途中に何度も

CMが入るテレビでそれを見たという世代が、今やすでに高齢者である。

たとえば、同僚の解雇か、ボーナスを放棄するかのどちらを選ぶか、解雇を会社から通告された主人公が同僚を説得してまわるという筋の『サンドラの週末』（'15年　監督ダルデンヌ兄弟）について紹介（批評？）を書きながら、国際政治学者の藤原帰一は「筋書きだけなら、悪者に立ち向かうようにゲーリー・クーパーが村人を説得して回った「真昼の決闘」とそっくりですし、賛成する人が増えればいいと観客が思うところも同じ」（毎日新聞「藤原帰一の映画愛」'15年5月25日）と、有名な「名画」を引きあいに出すのだが、この場合などは、むろん、ビデオやDVDで映画を見た世代と言うべきだろう。

ところで、ちょいと横道にそれるようだが、同僚のクビに同意すれば一、〇〇〇ユーロのボーナスが出る、という提案を会社がもちかけるという『サンドラの週末』の設定で思い出したのは、ある出版社である。若い編集者が長いこと（おそらく何十年も）変わらず据え置きのままの原稿料を上げたらどうか、と編集長に言ったところ、君がボーナスを放棄するんだったらね、と愛想良く返答された、という話を聞いた二、三年後、その出版社の夏のボーナスが無くなったという、「出版不況ばなし」の一つである。

それはさておき、『真昼の決闘』というのは、人々の記憶をゆり動かす奇妙な「名画」である。

藤原はダルデンヌ兄弟の映画と「名作」西部劇（'52年、'63年に日本ではリヴァイバル上映。フレッド・ジンネマン監督）を、もっぱら、圧倒的に不利な状況におかれた自分に味方するように「説得して回る」主人公、という設定として、いわば、ふと思いついたように比較するのだが、私たちの世代の者は、『真昼の決闘』を、クーパーが自分の味方になるようにと「説得して回る」映画とは考えなかったものである。

たとえば、二〇〇九年、エルサレム賞(ジャーナリズムによれば、この文学賞の受賞者は、通例、ノーベル賞の最短距離に位置することになるそうである)を受けた村上春樹は、ネタニヤフ政権のパレスチナ侵攻に反対するグループからの非難を背後に授賞式に臨んだ経験を、『真昼の決闘』の保安官ゲーリー・クーパーを例にあげて、「孤立無援」で行動する文学者の勇気として語っていた。「もちろん、クーパーほどカッコ良くはないけれど」。

また、二〇〇六年訪米した小泉元首相はブッシュ元大統領とラフなスタイルで記者の前に姿を見せて「大好きな」エルヴィス・プレスリーの真似と共に、「孤立無援」でも自分の正義を貫く主人公の登場する「大好きな」西部劇のヒーロー、クーパーの真似を、なぜか両手をピストルの形にして、二丁拳銃スタイルをテレビ・カメラの前でしていたものだった。

アメリカ映画史の「常識」としては、『真昼の決闘』は、大戦後の五〇年代、非米活動調査委員会(通称HUAC)による大規模な赤狩りに抗する「反体制」映画と考えられてきたのだが、村上春樹も小泉元首相も国際政治学者で「映画愛」好家藤原帰一も、そうした「一面的」な知識で「名画」の多様な見方や解釈を狭めたりは、決してしないのだ。

と言うより、HUAC批判はともかく、『真昼の決闘』は、アメリカのデモクラシーの小市民的エゴイズムや保守的な体制順応主義に対する批判の映画として、インテリ層においては語られていたはずで、クーパーが住民を「説得して回る」映画や、孤立無援の中、一人で闘うヒーローの映画として語られたのは、おそらく大衆的なメディア（ということは、むろん、保守的な）の中でだっただろう。『真昼の決闘』の脚本家といわれるカール・フォアマン（註・一）はHUACに召喚され、左翼として「ブラックリスト」に載る（レッドパージされる）ことになる。

オットー・フリードリックの『ハリウッド帝国の興亡』によれば、彼は「自分の脚本」を「政治的寓話」を含んだメッセージと考えていて、保安官のクーパーは「勇気あるリベラル派であり、FBIや在郷軍人会たるガンマンたちにたったひとりで立ち向かっていくのだ、と当然考えていた」（傍点筆者）のである。ところが、『真昼の決闘』は、当時のアイゼンハワー大統領の「お気に入り映画の一本」となり、ホワイトハウスを訪問した者に見せては喜んだというエピソードの一方、ソ連の共産党機関紙「プラウダ」はヒーローの「個人賛美」として批判したそうだ。そして、「死ぬ少し前、フォアマンはテレビのあるインタビューで、アイゼンハウアーに認められたことを自慢している。リベラルなメッセージだったはずのものがきわめつきの保守派に訴えた事実を誇りに思い、そのメッセージがまるで誤解されていたという免れ得ない推論のほうは無視したものとみえる。」（柴田京子訳）

とかく（特別にやましいところは無いにしても）、創造的行為に携わる者たちは「作品」には、十人いれば十の、百人いれば百通りの読み方がある、といった言い方で「読者」はどんな知的能力の持ち主であれ、誰も「作品」を読みまちがいしているわけではない、と媚びてみせるものである。だから、映画館であれテレビであれビデオ、DVDであれそれぞれの見た、保安官クーパーの姿があっていいわけなのだし、ハリウッドの伝統的な作品観においては作品に「メッセージ」などは不必要で、「メッセージ」は内容を問わずウェスタン・ユニオン電信会社の電報で打てばいいものだったのだ。

かつて、日本映画の受賞しない国際映画祭の報道は日本人乗客の死者のいない飛行機事故の報道に似ている、と蓮實重彥は書いていたが、今年のカンヌ映画祭の日本人死者は黒沢清の「ある視点」受賞一人だったにもかかわらず、是枝裕和が四人の若い女優を使った『海街 diary』の「華やか」さのせいで、死者が一人だったにしては話題になったのだったが、それで思い出したのは'13年同映画祭で是枝の『そして父になる』が審査員賞を受賞（新聞記事やテレビのニュースでは「賞」は「受賞」ではなく「獲得」するものだが）した時、メディアが報じていた観客による「十分間のスタンディング・オベーション」についての疑問である。

私の住んでいるマンションは、不動産屋の広告では駅から徒歩五分だが実際には七、八分（年と共に歩行速度が落ちているから、現在では十分かもしれない）かかり、十分という時間、足を使って歩くぶんには、もちろん疲れはしないのだが、信心深く体を揺り動かしてゴスペル・ソングを歌って手拍子しているならばともかく、人は見た映画を賞讃するために拍手しつづけるものなのだろうか、とその当時思ったのだが、「十分」という時間は、あるいは「じゅうぶん」と読むべきものだったのかもしれない。

今年のカンヌ映画祭を伝える「華やいだ日本映画」や「国際映画祭で考える日本映画」といった署名入りの記事を読んでいて、是枝の映画への十分のスタンディング・オベーションを思い出し、さらに思い出したのが、毎日新聞の愛読している連載コラム「香山リカのココロの万華鏡」で語られていた精神科・心療内科の「再診」の時間が「10分以内」だと書かれた文章だった。

「10分」の診療時間を短いと感じるのは「あたりまえの感想」だ、と、リカは書く。しかし、経験的に「10分間はそれほど短い時間」ではなく、「こんにちは。先週はいかがでした?」と医者が「数秒で問いかけてから約10分、ひとりで話そうとしたら、原稿用紙にしてたっぷり10枚分は話せる。」のであり「それだけ話したいことを用意するほうがたいへんだとも考えられる。」と言うのだ（「10分は長いか短いか」毎日新聞'15年5月5日　傍点は引用者による）。なんという形式主義的発想だろう。

どういう状況においても、10分が長いか短いかを判断するのは、診察室であれ、カンヌの上映会場であれ、状況に応じて対応可能な常識的なセンスというものだろう。精神科の診療室で一人で十分間原稿用紙にたっぷり10枚分をモノローグする患者というのは、通俗的な狂気観からすれば、ある意味普通に狂人だろうし、それを聞かされる者にとっては、もちろん、相当に長い時間である。『そして父になる』を見た映画祭の観客全員が十分のスタンディング・オベーションをしたというのは、異常であると言うべきだろうし、ある種の日本人と当事者である映画関係者以外には、かなり長い時間である。

それはさておき、「十分」のスタンディング・オベーションとまではいかないまでも、二〇一四年、カナダ・モントリオール世界映画祭で審査員特別大賞『ふしぎな岬の物語』と、最優秀監督賞『そこのみにて光輝く』の二つが受賞したことについて、毎日新聞の記者は、この二本の映画の上映された会場で「拍手が鳴りやまず、目を潤ませる人も」いたと書く。「なぜ海外の観客や審査員は日本映画に涙腺を緩めるのか」。モントリオールとベルリンで映画祭を取材した記者は、「私には、その〝ツボ〟が見えた」と考える。何がその〝ツボ〟かと言うと、日本映画には「情感あふれる映像の中に、欧米で見失いがちな人と人とのつながりの尊さがある」ということだと、興奮気味に記者は考える。『そこのみにて光輝く』について、観客から「最近見た中で最も繊細な日本映画」と賛辞が相次いだ。作り手と観客が一体化した瞬間だった。私も胸が不思議と熱くなった」と書く。この曖昧な書き方はジャーナリスト特有かもしれない。昨年のベルリンでは、『小さいおうち』の上映後、「目に涙を浮かべた」ドイツの女性記者が、「とても詩的な映画」で「男性批評家たちも涙ぐんでいた」と記者に話しかけたそうで、記者は外国の観客にとって――日本の観客には触れられていないのだが――日本映画が観客（外国のである）の心を動かすのは「癒やし」「繊細」「詩的」という言葉を手繰れば気付かされるのだが「なぜ21世紀の今、世界は日本流の癒やしや詩情を求めるのだろう」と考え、「第二次世界大戦の記憶が生々しい」一九五一年、ヴェネチアで黒澤明の『羅生門』がグランプリを「獲得」したのをはじめ、「50年代、日本映画の受賞が相次いだ」ことを思い出し、それは「当時、まだ戦争の傷痕が残る欧米の観客は見慣れぬ東洋の島国のエキゾチシズムに、ひとときの夢を見た」からだと、空想してしまう。

一九五一年のヴェネチアで他にどのような作品が受賞作だったかを挙げてみると、審査員特別賞『欲望という名の電車』（エリア・カザン）、国際賞が『田舎司祭の日記』（ロベール・ブレッソン）、『河』（ジャン・ルノワール）、『地獄の英雄』（ビリー・ワイルダー）、それに次ぐ一九五二年、溝口健二の『西鶴一代女』国際賞の二位、国際賞一位は『静かなる男』（ジョン・フォード）、三位が『ヨーロッパ１９５１年』（ロベルト・ロッセリーニ）、五三年の『雨月物語』は銀獅子賞（この年、金獅子賞は該当作なし）、二位が『青春群像』（フェデリコ・フェリーニ）、翌五四年は、『山椒大夫』で銀獅子の四位、一位が『波止場』（カザン）、二位『七人の侍』、三位『道』（フェリーニ）といったラインナップである。

五一年から五四年までのヴェネチアの賞の対象となった五本の日本映画は、まだ戦争の傷の残る欧米の観客の「見慣れぬ東洋の島国のエキゾチシズム」によって「ひとときの夢」を見させるような映画だったろうか。この、奇妙に倒錯した欧米中心主義の見方では、あたかも日本には「戦争の傷」が残っていないように読めるではないか。
それに、『静かなる男』は、まるで妖精たちが住んでいるかのような夢の島としてアイルランドのイニスフィリーを舞台にしたジョン・フォード的感傷性とアクションが楽しくというか、馬鹿馬鹿しく胸をうつ、エキゾチシズムそのものの美しい緑色の映画と言えるし、ジャン・ルノワールの『河』は、インドを舞台にイギリス人一家と、美しいインド舞踊を舞うインド人の娘やコプラだって登場する、テクニカラーの色彩も鮮やかな、あからさまにエキゾチシズムを前面に押し出した、とも言える映画である。

註・一　『レッドパージ・ハリウッド』（上島春彦）や『「ローマの休日」を仕掛けた男』（ピーター・ハンソン　松枝愛訳）を読むと、レッドパージ下での「ブラックリスト」に載った脚本家とクレジット上の名前との複雑なあれこれに、思わず目まいがするほどで、カール・フォアマン（一九一四―八四）も例外ではない。シナリオという著作物にオリジナルなど、存在しないかのように何人もの「名前」が一つのシナリオを巡って錯綜するのである。

忘れっぽさについて

二〇一五年八月

もちろん、私たちの〈記憶力〉などというものは大して信じるには値しないものである。

すでに年金生活者である団塊世代が後期高齢者となる時期をむかえて、老人たちは、心身の健康について様々な自己責任を取るように仕向けられているのだが、寝たきりになることはむろんのこと、重要視されているのは、なかでも認知症の予防かもしれない。

高齢者の三人だか四人に一人の割合でアルツハイマー型痴呆症になる、といったような情報が、確かな根拠もないまま、専らテレビの健康番組といったような場で喧伝され、そこではしばしば何種類かの簡単なテストが行われる。

あなたのボケになる危険度はどれくらいか、というわけである。最も頻繁に問題として出されるのが、一昨日の夕食に何を食べたかという質問と、何十秒かの間に一定の速度で次々に画面に表示される言葉を、どれくらい覚えているか、というものだろう。

　前者に関しては、一昨日の夕食（に限らず、夕食を作る者は固定化しているケースが多いだろう）を作った者とそれを食べただけの者とでは記憶に差があるのが当然だが、それは考慮に入っておらず、後者は、そういった一種のゲーム性（いわば成績が点数で決まるといったタイプの）のある設問では、いわばまあ、その場かぎりであっても集中力というものが問われているのだろう。

　だから、こうした設問で試されているのは記憶力や集中力というより、現実的な生活面での日常的意欲というもののはずである。

　そして、しばしば様々な場所《メディア》で認知症についての啓発的宣伝が行われているので、中高年以上の者は、アルツハイマー症の症状が、昔のことはよく覚えているのに、ついさっきのことを覚えていないというものなのだが、はたしてそうだろうか？　昔のことだって、忘れているではないか。もちろん、私が苛立つのは、自分の記憶力についてではなく、少し調べてみればわかる過去の事例を手間を惜しんで間違ったことを平気で書いてしまう文章についてなのだ。

　とは言え、『真昼の決闘』が西部劇の古典的名作と呼ばれる理由は、見る者によってかなり異なるメッセージを受けとることの可能な、寓話に特有の曖昧な多義性にこそあるのかもしれないのだから、アイゼンハワーも「プラウダ」も村上春樹も藤原帰一も、ブッシュ大統領の前でクーパーの保安官の真似をしたと伝えられる小泉元首相も、脚本を書いた当の作者であるカール・フォアマンも、『真昼の決闘』という寓話の解釈を間違ったというわけではないのだ。それぞれの立場による幾通りもの、語り手の立場による語りのあるスタイルが「ラショーモン・メソッド」と呼ばれるように――。

しかし、ヨーロッパの国際映画祭で「50年代、日本映画の受賞が相次いだ」理由として、「当時、まだ戦争の傷痕が残る欧米の観客は見慣れぬ東洋の島国のエキゾチシズムに、ひとときの夢を見た」からだと推量するのはあきらかに間違っている。

ヴェネチアに作品を出品する日本の映画会社側には、ヨーロッパのジャポニズムに訴えようという意識があったのは当然であるにしても（だからこそ、時代劇を出品した）、前号に書いたように、エキゾチシズムは、ジョン・フォードの緑の島（観客のすべては、この映画のアイルランドを、フォード流のひとときの夢の中の島だと思うのだが）にも、ジャン・ルノワールの、インダス河のほとりで赤い粉が舞うヒンズー教の祭と舞踊にも、たっぷりと含まれているのだが、とは言え、’54年のカンヌ映画祭のグランプリを受賞しながら、今ではほとんど語られることもないまま、私の世代の者まではかろうじて、京マチ子がグランプリ女優と呼ばれたのは（『雨月物語』にも、ヴェネチアのグランプリ『羅生門』にも彼女は出演しているが）、この映画のせいでもあったと記憶している『地獄門』（監督・衣笠貞之助）を思い出すならば、むろん私たちは国際映画祭の賞というものが必ずしも秀れた作品に与えられるものではないという、数々の受賞作品が証明していることを、50年代という日本映画の黄金期にすでに、なんとなく知ってはいたのだ。

いずれにせよ、前回で触れたゲーリー・クーパーの『真昼の決闘』はすでにもう、それがどういう内容の映画なのか、テレビでさえ見たことのない世代の方がはるかに多いはずなのだということを考えると、フランスの風刺漫画週刊誌「シャルリー・エブド」のシャルリーという名が、チャーリー・チャップリンではなく、風刺というよりは保険会社のコマーシャルのキャラクターにふさわしい保守派のマンガの登場人物チャーリー・ブラウンにちなんで付けられていることが頷けるというものである。

団塊と呼ばれる世代のせいで、今後さらに増加することになっている老人性の痴呆症に怯える私たちの社会は、しかし、年代や年齢を問わず、健忘症の社会でもあるらしい。

50年代のヴェネチアとカンヌでグランプリを獲得した日本映画に、「まだ戦争の傷痕が残る」欧米の観客が「東洋の島国のエキゾチシズムに、ひとときの夢を見た」というのは、新聞記者の無知というか、ちょっと調べることを厭う不精故の憶測にすぎない。黒澤明の戦乱で荒廃した都の羅生門のシーンからはじまる『羅生門』が、ヴェネチアでグランプリを獲得した一九五一年は、朝鮮戦争の最中であり、アメリカの占領下から日本が独立を回復するのは、翌五二年のことであり、「まだ戦争の傷痕が残る」どころか、世界はまだ戦争中だったのだが、それはともかく、記者は続ける。「それから60年余。欧米では、テレビをつければ、ウクライナやアフリカなど世界各地で燃え盛る内戦の火を嫌でも見せられる。インターネット上には、「イスラム国」による人質処刑の模様が流れる。それは日本人の想像をはるかに超すものだ。目を覆いたくなる現実を逃れ、穏やかな海に虹がかかる「ふしぎな岬の物語」に「オアシス」（吉永さん）を見いだしたくなる気持ちもうなずける。」と書くのだが、インターネットは当然日本でも見ることが出来るのだし、その映像は日本人だけの想像をはるかに超えているわけでもあるまい。

この文章（「オピニオン」欄「記者の目」〈国際映画祭で考える日本映画〉）が載ったのは二〇一四年十月一日だが、わずか三年前、日本人は、（ほとんどはテレビの画面を通してにすぎないが）東日本大震災と原発事故の映像に、言葉を失っていたのではなかっただろうか。言葉を失いつつ、まるで度を失ったかとも思える、震災と原発事故について語る多くの言葉がメディア上にあふれたはずなのに、この記事を読むかぎり、当時、「戦後」と同等の深刻な危機的状況だとして政治学者が命名した「震後」の「傷痕」さえ見あたらないではないか。私たちは、当時、ある種の映画の上映や展覧会、出版、コンサート、花見の宴会を「自粛」し、高橋源一郎がそうした状況を「ことばの戒厳令」と批判した（『目白雑録5　小さいもの、大きいこと』参照）のは、二〇一二年九月二十五日付朝日新聞夕刊のインタヴュー記事の中でだったのだから、「国際映画祭で考える日本映画」という記者による署名記事が書かれたわずか二年前である。

「3・11後続く表現の「戒厳令」」という見出しの付いたインタヴュー記事で高橋は「こんな時期に

そんなことばを発してはいけないという『自粛』が始まって、自由にモノを言いにくい空気が広がった。それは今も解除されていない。対立的で狂信的なことばが多くて、ゆるくて楽しいことばは見かけにくくなっているよね」と語っていたのだったし、前年の原発事故の直後、メディア的な雑駁な数のかぞえ方で、日本中の人々、とは言わないが、政府や大新聞やテレビが伝える「放射能汚染」の事実を信じずある種の人々が疑心暗鬼になっていたことを、新聞記者は、そう素早く忘れることが出来るのだろうか。

長くなるが、自著からの引用を続けたい。二〇一一年、震災後、普通に新聞を読む読者は、毎日のように次のような記事を目にしたものである。

「4月28日の毎日新聞朝刊の「再生への視点」に、宮台真司は「原発の放射能を恐れ、終業式前後には東京近辺でも多くの子らが縁者を頼って疎開」し、「私も別荘にヨソの子らを疎開させた」のだが、「ネット縁のごときでは無理。コストをかけ絆を培った者しか絆の恩恵にあずかれない」、と「恩恵」のヒエラルキー（もちろん現在は「ヒエラルキー」ではなく「格差」と呼ばれる。金井付記）についての厳しい現実をさり気なく突きつけ、5月3日の産経新聞にはジャーナリストの池誠二郎が「東京でも放射能汚染の不安から、身近な人も含め西日本や国外へ脱出する人が相次いだ」が、事故から一カ月半が経って「収束は遠いが、事態は幾分沈静化し、脱出者の多くは再び東京に戻った」（以下略）」（『目白雑録5　小さいもの、大きいこと』「様々な神話、さまざまな液状化現象」）

こうした言説をメディアが、ある切迫した真剣さでもって、たれ流しという意識は毛頭持たずに載せつづけていた時から、第38回カナダ・モントリオール世界映画祭は、たった三年後の出来事である。映画としてあまりにも愚鈍な出来と言っても、とりたてて過言ではない二作、『ふしぎな岬の物語』と、山田洋次の『小さいおうち』（同年二月の第64回ベルリン国際映画祭で、「つつましい日本女性の立ち居振る舞いを演じた黒木華《はる》さんが最優秀女優賞に選ばれた」と広瀬登記者）の受賞を目のあたりにしたジャーナリストが「なぜ21世紀の今、世界は日本流の癒やしや詩情を求めるのだろう」と書くのは、大震災の、そして原発事故の、たった三年後なのだが、どうやら、つい二年前まで日本には〈ことばの戒厳令〉がしかれていたことを、記者は知らなかったのか、つい忘れてしまっていたのか。

日本映画が高く評価されたというモントリオールとベルリンの国際映画祭に他にどのような映画が出品されていたにせよ、それらと比較するまでもなく、この映画の、いわば観客を舐めきったとしか思えない低俗ぶりを評価しない者も多い、ということはともかくとして、今は、私たちがいかに健忘症的世界に属しているかを銘記しておくことにしよう。

もっとも、記者は実は、国際映画祭で評価される日本映画が、いかにも世界の過酷な現実と距離がありすぎるとしか思えない抽象的な価値観（「癒やし」「繊細」「詩的」）によってしか評価されないことに疑問を持っているのかもしれない？

とは言っても、もちろん、震災と原発事故から一年半たった二〇一二年の九月当時、朝日新聞の論壇時評の書き手として、様々なメディアで言葉の液状化状態ともいうべき活況を呈してもいた言説の只中にいた高橋源一郎は、〈ことばの戒厳令〉を、一見、ゆるいとしか思えないけれども、もちろん研ぎ澄まされているはずの批評精神で鋭敏に感じとっていたのだったし、広瀬記者の文章（ドイツの女性記者が「とても詩的な映画」で「男性批評家たちも涙ぐんでいた」と語ったという）からは、これがどういう映画なのか、まるで伝わって来ない『小さいおうち』について、この映画の背景となっている昭和十一年、２・26事件のあった時代に触れながら、同じ毎日新聞の専門編集委員はコラムを書く（「それは晴れた日に」玉木研二　'15年1月6日）。

このコラムの中で記者は触れてはいないのだが、２・26事件は、比喩的というか風潮に対する批判として高橋が使った比喩である〈ことばの戒厳令〉ではなく、東京に戒厳令がしかれた事件でもあるのだ。

小さいおうちの若い女中だったタキが当時を回想してノートに書きつけた文章を読んだ、現代の大学生である血縁の青年との会話を玉木委員は引用する。

「間違っているよ。昭和11年の日本人がそんなに浮き浮きしているわけないよ。２・26事件の年だろう？　だめだよ、過去を美化しちゃ」と言う大学生の健史は「あのころは軍国主義の嵐が吹き荒れていた」と信じているのだが、タキが「吹いてないよ。いい天気だった。毎日楽しかった」と答えることを記して、続けて書く。しかし、２・26を、私たちは東京に珍しく降った大雪という劇的な天候だった日としても、様々なメディアを通して知ってはいるのだ。「教科書と年表によれば、健史の理解が正しいのだろう。／しかし、本当に恐るべきは、喜怒哀楽に彩られた日常生活に寄り添うように、しばしば前触れもなく、総動員の戦争のような「破局」が立ち現れることではないか。それは、国民が油断している間に軍閥の策略で——などという構図だけでは説明できない」

玉木のこのコラムは、昭和11年9月21日付東京日日新聞（現毎日新聞）の「映画週評」に映画評論家の岩崎昶《あきら》が書いた文章の引用からはじまるのだった。〈見るべきもの一本もなく、ファンを徒《いたず》らに日本映画の索漠たる風景を嘆かしめる〉状況で各館に陸海軍後援の勇ましい〈国策映画〉が並び〈行き詰った生活や、険悪な国際情勢からしばしの間だけでも面をそむけようと考えて、映画館に足を踏み入れたのに、そこでもまたこういう種類の映画しか見せられない見物の人達の気の毒〉と、そうした現象を皮肉った、と書いているのだが、昭和十一年（一九三六年）から七九年を経た現在、こうした文章を読んで、すぐに当時、どのような日本映画が映画館で上映されていたかを、思い出せる人間はそうはいないだろうし、私などは、昭和十一年に撮られた日本映画として、とっさに溝口健二の『浪華悲歌』、伊丹万作の『赤西蠣太』を思い出せるくらいである。とは言え、もちろん私たち

（コラムの書き手である記者を含めて）は、ごく簡単にインターネットで昭和十一年に、どのような日本映画が撮られていたかを調べてみることが出来るはずではないか。

映画史的に昭和十一年は豊かな作品が何本も作られた年で、溝口の『祇園の姉妹』、小津の『一人息子』、清水宏の『有りがたうさん』などを発見することになるだろう。

言説は繰り返す

二〇一五年九月

もちろん、今年は「戦後七十年」なのだから、それを言説として語るべきであると信じている人々（しばしば、あの「3・11」以後について語った人々と重なるのだが）は、当然、あの時とは比較にならない量の言葉をメディアの中で生産しつつある。

3・11という眼前の惨禍以後には、たしか、〈非常時〉で〈ことばの戒厳令〉とでも言うべき状況があったはずなのだが、七十年前の戦争や、「安保法制」が可能にしようとしている未来の「戦争参加」や「徴兵制」は、現に今、ここで起っている事件ではないだけに〈ことばの戒厳令〉が発動する――しかし、それは発せられたのではなく、自発的な自粛にはじまったのではなかったか――ことはなく、誰もが何かいかにもふさわしいことを発言しなくてはならないかのようだし、「お笑い」といわれる芸人が小説を書いていないかぎり、評判になりもしなければ売れることもない文芸雑誌でさえ、九月号は「新潮」を別にすれば（しかし、椹木野衣・会田誠の『戦争画とニッポン』の書評を'81年生れの若いアーティストが書いている。「戦争、と言われると夏のイメージが頭に思い浮かぶ。それは終戦が八月であり、戦場となった沖縄のトロピカルな風景と結びついていることも大きい」と、その書評は、批評する「本」にふさわしくノーテンキさもあらわに書きはじめられ、やがてある不安をもらして終る）一斉に「戦争」と「戦後」の小特集を組んでいるのだ。（註・一）

現在は、「戦後」ではなく、安倍内閣が強引に押しすすめる安保法制のせいで、まさしく「戦前」になっているのではないか、といった類いの言説もいろいろな所で目につくし、朝日新聞の8月10日夕刊一面のトップ記事は、「女性誌 続々と安保特集」という見出しに、小見出しが「「子供を守りたい」原発事故後に読者変化」である。

「昨年3月、作家の瀬戸内寂聴さんと俳優の吉永小百合さん」が「女性自身」誌上で「戦争や安倍政権への危惧を語って大きな反響」を呼び、それに「背中を押され」た結果、瀬戸内さんの安保法制への抗議行動を特集した「寂聴さん『このままでは戦争に…』」（今年7月7・14日号）が、読者アンケートの人気ランキング1位になったこと、「週刊女性」でも安保特集を組んだことやティーン向けの「セブンティーン」でも〝戦後70年〟特集を組んで若い憲法学者が「10代の女性たちと、憲法9条や戦争について対談」するという、言ってみれば、女性週刊誌では、ほとんど扱ってこなかった政治的問題を特集記事にしているので、自民党の議員は「党内で『女性週刊誌対策』をしようという声もある」とも明かしている、という内容の記事である。（註・二）

そして、記事は次のような意見を、「女性誌 続々と安保特集」という記事（大衆週刊誌特有の扇情的な見出しと写真のレイアウトの女性週刊誌数冊のページを開いた写真入り）の結論として紹介する。

「7月の自民党議員の勉強会でも講師を務めた御厨貴・東大名誉教授（政治学）は「政権中枢にいる人からも『妻を説得できない』と聞いた。『国家のことは女子供にはわからない』と思ってきた男たちに女性たちが復讐《ふくしゆう》する構図にも見える」と指摘。「女性や高齢者、若者を説得できる論理を、政権側は用意出来るだろうか」」

東日本大震災の、いわば揺れもおさまらないとでもいった頃、高橋源一郎的用語では〈ことばの戒厳令〉下、名誉教授はいちはやく新聞紙上で、この震災による日本のダメージが、「さきの戦争」にも並ぶものだとして、「震後」という、何かに対して決定的に鈍感な言葉を提唱したのだったが、さすがに「震後」というオヤジギャグまがいの言葉は普及しなかったようである。

しかし、それにしても、知的な要素というものが、テレビ番組や男性週刊誌と比較してさえ皆無と言える女性週刊誌が、「安保法制特集」を組んだからといって、「女性たちの復讐」と大仰な的外れさで考える男というものは、当然のことながら、「女性や高齢者、若者」といった存在を「説得できる論理」を持っているはずの現役の成人男性（知性的で政治的判断力もあるつもりの？）に属しているのだろう。
しかし、性別こそ女でないけれど、戦後七十年なのだから、瀬戸内寂聴とも上野千鶴子とも対談するし（註・三）、六十歳は過ぎているのだろうから、高齢者の前期と言える年齢の者が若者だった頃の言葉づかいなのかもしれない軽妙なゆるさで、「ぼくらの民主主義なんだぜ」という呼びかけの声こそが、政権に決定的に欠けている「彼等を説得できる論理」というものではないのか？　そう、ぼくたちの民主主義なんだぜ。

語尾に付けられた「ぜ」というのは、戦前の東京の山の手の少年たちが甘ったれて少し悪ぶって使った言葉だと、かつて谷川俊太郎が書いていたのだが、むろん、高橋はそうした「ぜ」の持つニュアンスを言葉の専門家として意識的に採用したのだろう。石原裕次郎の歌謡曲に、「俺は待ってるぜ」とか「泣かせるぜ」とか、ドラムを俺が打《たた》けば「嵐を呼ぶぜ」と歌われた、「ぜ」であり、戦後70年の特集は組まなかった「新潮」に書評の載っている、美術評論家の椹木野衣と展覧会のたびに話題を作り出す（註・四）現代アーティスト会田誠の『戦争画とニッポン』にも、表紙にも本扉にも奥付けにも印刷はされていないのだが、「戦争画とニッポンだぜ」と、「ぜ」は無言のうちに発語されているのである。

椹木はこの対談の中で「そもそも大本営自体が、「近代の超克」という考えで戦争をしていたから、戦争画を描くにあたっても、洋行経験が重視されたんだと思います」と、驚くべき独特な歴史観を語り、画家相手（ひょっとすると、画家のことを超物知らずの馬鹿と思っているのだろうか？）に超噛みくだいてみせる。ここでいう近代とは「ヨーロッパ発の文明そのもの」でそれの「超克」というのは「日本も今や近代兵器で戦争ができるようになったのだから、同じ近代の軍備で欧米を打ち負かし、同じ近代化の力で西洋を追い抜く」という発想で「打ち負かせたとき、初めて日本の近代化は借りものではない本当のもの」になり「「東亜」という「本場」になる」「だから、絵画についても「ヨーロッパの絵描きよりも上手く描ける」ことが最重要だったと思う」と言い、それを受けた画家は「西欧を乗り越えようとしたという点では、美術もまた軍部と同じように、やはり無謀というか、自信過剰だったところもある」と、画家との雑談としか思えない「本」の中とはいえ、さらに単純化する。

椹木が何気なく言っている「大本営」というものは、明治以後、戦時事変時に天皇に直属して陸海軍を統帥した最高機関で、明治二十六年（一八九三）に法制化されて以後、常設の機関として太平洋戦争の終末まで存続し、戦時下の報道が大本営発表の記事のみになっていったことはよく知られたことである。普通、歴史的には「近代の超克」といえば、昭和十七年（日米開戦の翌年）に「文學界」に載った学者・文学者たちによる大座談会のことを想起するだろう。すくなくとも私は京都学派の「近代の超克」方面の論文など読んだことはない。

一九六二年生れの美術批評家がこともなげに、西洋を追い抜いて「東亜」が「本場」になることだと説明してくれるかぎりでは単純極まりない「近代の超克」という概念なのだが、「文學界」誌上の大座談会に出席し、ほとんど発言することのなかった中村光夫は、「いわゆる京都学派を中心とした少壮学者たち」と「文學界」の同人たちが「日本文化の現状と将来について話合おうとする企劃」でその「失敗の原因」はいろいろあった、と書く。「近代の超克」という言葉は、「耳新しくて、意味ありげで、戦時のジャーナリズムの標題としてはすぐれている」ものの、「「近代」というのがそもそも意味のはっきりしない、したがって境界のあいまいな概念」だし——それはルネッサンス以後なのか、フランス革命以後なのか？——「それに超克とは一体どういうことなのか。ある時代にうち勝つなどということが、その時代を生きている者に出来ることなのか。こういう分ったような分らぬ用語が、これまで僕らの思考をどんなに混乱させていたかを思えば、その点をまず心すべきだったと思います」（『文学回想・憂しと見し世』）

　ならば、先日亡くなった鶴見俊輔は「週刊朝日」の記事で「知の巨人」と呼ばれることになる。この何かのパロディというより、悪意さえ連想させてしまう言葉は、かれこれ二十年も昔文藝春秋ジャーナリズムとでも呼ぶべきシステムが、立花隆に冠する言葉として使いはじめたはずである。現在では、佐藤優や池上彰に冠されることもあるし、「詩の巨人」と谷川俊太郎をテレビ番組では呼び、さらに空疎さは増すばかりで、むろんこの言葉は反知性主義の用語でもあるのだ。

　私たちは「巨人」という言葉を（「読売巨人軍」ファンは除いて）子供の頃から「裸の王様」などと同じように、童話の中の知性を欠いた間抜けな大男（ジャックと豆の木や、オスカー・ワイルドの「わがままな巨人」）のことを指すものと思ってきたのである。

そして、子供の頃、どうしてそういう言説を知っていたのか不思議なのだが、芸大出身の美術教師が高校や中学にいたのだから当然といえば当然のことで、彼らは先輩の才能ある画家たちの戦争責任を擁護し、また、自分が絵を描く理由に納得すべく、画材も手に入らなくなっていた戦時下、油絵具をはじめ画材を自由に使えるという条件を出されたら、自分だって描いたと思う、という弁解が広く行われていたのだ。いわば、画家は絵を描くことが心底好きで絵を描くためには、主題などは実のところ、何でもいいという素直な気持が、芸術家的と信じられていたかのようだ。

そこまでお目出度く無知ではないとしても、『戦争画とニッポン』（だぜ）の中で、だから当然、「僕は戦争画を描いていただろうか？」という問いを会田は問うのだし、それを書評する若いアーティストも自ら自問して、少し不安になる。今度の東京オリンピックに関してだって、もう誰が採用されるかという噂がとびかっている、と言うのだ。〈道徳〉やら〈ヒューマニズム〉や〈画材〉や〈主題〉の問題ではなく、当時も今も、自分（画家・アーティストたる）は、一流のアーティストとして、ちゃんと徴用される程、評価され（文科省とか、公立美術館の学芸員とかメディアとか、画商に）ているはずだよね？　考えるのはそこからだぜ。

不思議なことにというか当然なことに、小説家や批評家といった文章を書く者たちは、美術家より多少は思索というか言葉を使う分、そこまで幼稚な率直さの問いを自分に向けない。戦争画を描くか描かないか以前に、たとえば、左翼の文学者には転向という問題がありもしたし、とりあえずとはいえ戦後、戦争と文学や政治と文学、といった主題が、戦後文学にとって重要なものだから、画家のように無邪気で率直な芸術家ぶりは発揮できないよね、というか、ぜ。と考えられていたせいでもあるだろう。

画家よりもある意味素直すぎる美術批評家も、自分は戦争のプロパガンダに駆り出されるようなことがあったら「加担」するかどうかと、「だぜ」本のあとがきで自問しつつ「自分だけは決して片棒を担ぐまいと思っている当人が、のちの時代から見たら、すでに協力者のリストにしっかり載っているかもしれない」のであり「国家と芸術家が直に相見《あいまみ》える戦争画という領域には」そういう「むずかしさ」があり、「歴史に、もしもはない」というのは常套句だけれど、とくどくど弁解を重ねて「かりに日本が戦争に勝っていたとしたら」「非難されるのは、いったい誰だっただろう」と考える。「戦争画を描いた責を一手に受けるかたちで日本を出た藤田嗣治は、まったく逆に英雄となり、宮本三郎は裸婦ではなく晩年まで日本の戦勝の様子をレンブラントのようなタッチで描き続け、戦争画に積極的に協力しなかった者は、前にも増して非難され、画壇に身の置きどころさえなくなっていたかもしれない」と、なんとも幼稚な空想をしてみたりする。「絵画」などというものは、政治的状況のみで価値が決るものだ、と舌足らずに言いたいらしい。しかし、レンブラントに絵を発注したのは、国家ではなく、市民ではなかったか。それも宮本の絵がレンブラントに比べられるタッチを持っているとは、私には思えない。

小津安二郎の『秋刀魚の味』で、元水兵の加東大介は、偶然出あった元艦長とバーのカウンターに並んで「軍艦マーチ」を聴きながらウイスキーを飲み、もし日本が勝っててごらんなさい、今頃はニューヨークで、青い目の芸者に囲まれてねえ、と調子に乗って浮かれ、でも、ばかな野郎がいばらなくなっただけでも負けてよかった、としみじみ感想をもらすのだったが、むろん、美術批評家より、加東大介の方が知的であることは言うまでもない。

さて、中途半端なところで、文章が終ってしまうようだが、二〇〇二年の四月から長いこと書きつづけてきたこの連載も、これが最終回である。

その時々の時代の大文字のニュースや出来事の周辺で書かれた様々の小さな言説に対する苛立ちを書いていると、きりというものがないのは確かである。

多分、今年が戦後七十年だというので、作られた本の中で「戦争画」を自分が描くかどうかと問い、発注者があくまで国家だと信じているらしい対談者が考える美術家（この本の中では、大変な近代的技術者のようにも扱われている）の特権的かつ幼稚な自問について、もう書く枚数が残っていないのだが、極く少数の、この連載を読んでくださった読者であれば、『戦争画とニッポン』と、高橋源一郎が軽やかな調子で、しかし本質的でもあろう佐村河内守の騒動の「発注」という主題を現代小説と結びつけながら現代文学と発注者とその受け手を論じた「心は孤独な芸術家」(「ニッポンの小説・第三部」「文學界」二〇一四年四月号)について触れた回(本誌連載八回から十二回)との関連を読みとっていただけるだろう、と信じて、最終回とは言うものの、終ってはいない文章の筆(むろん実はボールペン)をおくことにしよう。

註・一 大岡昇平と、戦争体験(軍隊体験)を持つ作家たちの対談を集めた『対談 戦争と文学と』(文春学藝ライブラリー 二〇一五年)の解説は、一九七九年生れの作家高橋弘希(太平洋戦争のニューギニア戦を題材にした『指の骨』が話題になった)が書いている。テレビの映像やアニメや戦争体験者の手記によって八〇年代前半「幼少期に多くの戦争の擬似体験をしたせいか、実際に戦争を体験したかの錯覚が、私には長く残っていた」、「程度の差こそあれ、八〇年代に生まれた人間に、こうした戦争の擬似体験があったことは確かである」と書く高橋は、「戦後」についていいだものの発言を引用する。いいだは、「戦後文学」の意味を問う形で「一種の社会的な区切り、あるいは政治的な区切りというか、〝戦後は終った〟という通俗的にも言われていることが」あると発言しているのだが、私たちの世代までの者であれば、〝戦後は終った〟という言葉は、一九五六年の『経済白書』で政府が宣言した主題「もはや戦後ではない」を踏まえられていることが明白なのだし、対談の行われた時代(一九六九年「文芸」四月号に掲載)がどういう状況であったたのかも知っているので、当時の硬直した左翼的立場で発言しているいいだが、高橋が書くように単純きわまりなく「〝戦後は終った〟と述べた」わけではないことも、むろん知っている。しかし、「現在でも〝戦後は終らない〟〝戦後七〇年〟というコピーは流布しているが、私の実感を述べるならば、ある世代では戦後は終わっておらず、ある世代では戦後は終っており、ある世代ではそもそも戦後がない。――」という、ほとんど意味を解しかねる『指の骨』の作者の文章は、もちろん、戦後七十年の年に出版された『戦争画とニッポン』や、上映された『野火』などとも響きあっているのだろう。

註・二　一九五八年、戦後に作られた警職法（警察官職務執行法）の改正案に反対する運動がおこり、たとえば、戦後派作家に対して「第三の新人」と呼ばれた安岡章太郎は「たしか警職法改訂にジャーナリズムをあげて反対して、「週刊明星」といった雑誌までが（中略）お巡りさんがキミのデートを邪魔しに来る、と派手に書き立てて（中略）「群像」、「文学界」などでも寄稿家の大多数からアンケートをとって、小さな活字にギッシリ組んで並べた。」（『小説家の小説家論』）と、当時をふり返って書いている。警職法は改正されず、考えてみれば、名高い童謡「犬のおまわりさん」（一九六〇年に発表）は当時、グロテスクで皮肉な内容だったわけである。

註・三　高橋・瀬戸内寂聴対談「言葉の危機に抗って」（「群像」9月号）、高橋・上野千鶴子対談「戦後70年の上半身と下半身」（「現代思想」8月号）

註・四　8月4日の朝日新聞に、都現代美術館企画の7月18日にはじまった「おとなもこどもも考える　ここはだれの場所？」展に出品された会田一家（妻と息子）の作品が「24日夜、会田さんの所属ギャラリー関係者によるツイッターの書き込みから、館が会田さんに作品の改変を求め、撤去も選択肢に挙がっていることが発覚した」という記事が一家制作の作品の写真入り四段抜きで大きく扱われていたが、記者が記事中に紹介している展示を見た関東地方の学芸員の「特定のイデオロギーは感じられない。なぜ問題だと考えたのか。肩すかしをくらった」（傍点は引用者）という意見が、作者一家、所属ギャラリー、美術館側、朝日新聞の伝える記事全体、に対する、きわめて常識的な意見というものだ。

まだ、とても書き足りない

連載はまだしばらくは続くものと無根拠に思い込んでいたので、いずれ書くつもりで切り抜いておいた雑誌や新聞の記事や文章、付箋を貼った書籍が本棚に未整理の状態になっています。

二〇二〇年のオリンピックが東京に決定した後、六四年の東京オリンピックについて「文学者の見た世紀の祭典」とサブタイトルのついた『東京オリンピック』の文庫版（講談社文芸文庫）が上梓されました。四十人の文学者のエッセイがおさめられたこの本には入っていないのですが、中村光夫はそれを、「事業」ではなく「事件」、「国家的事件」だと書いています（『百年を単位にして』一九六六年、芳賀書店）。ローマやメルボルンのオリンピックが、イタリアやオーストラリアの政治を変えることはないだろうが、この、社会党その他も反対しないという不思議な「保守派のお祭」は、わけのわからない「聖火リレエ」で青年たちを集め、「日の丸ムード」を盛り上げ、さらに「自衛隊員や防衛大学の学生たちにとって晴れの大舞台」となるだろうし、それは「やがて国民に地震や台風をいくつか合わせても及ばぬ災害をもたらさないとは言えない」と書いています。

さらに、中村光夫は戦前に一度開催の決った東京オリンピックが流れそうになった時、川端康成が書いたという「婉曲的な」戦争忌避、「国威の発揚に、オリンピックは戦争にまさること万々であろう」という文章を例に引き、「現在でも戦争とオリンピックには我々の感覚のなかで、何か共通するものを持つようです。日本人自身もおどろく大袈裟なオリンピック準備に「国威発揚」の意識がかくれているのは言うまでもありません」と書いています。この短い文章（六四年「文學界」十一月号に載ったエッセイ（「国際的名誉心の過剰」）を思い出したのは、昨年（二〇一五年）、オリンピックの、エンブレム盗作事件（事件ではなく、「問題」だったでしょうか）があった時、前年に切り抜いて箱に入れた毎日新聞オピニオン欄に載ったデザイナー原研哉氏のエッセイを思い出したからで、その中では「エンブレム」ではなく、それに相当するものが「シンボルマーク」と呼ばれていたのでした。「シンボルマーク」が、いつ、「エンブレム」と呼ばれるようになったのか、私は、佐野研二郎氏のデザインが盗作かどうかよりも気になったのですが、調べたわけではないので、いまだにわかりませんし、東京以外の都市でのオリンピックにも、そういった「シンボルマーク」があったのかどうかも知りません。

さて、ではなぜ原氏の「デザイン開花する東京五輪に」を切り抜いたのかと言うと、さらにそれより以前、安倍首相がオリンピック誘致のために福島の原発事故の後、事故処理は完全にアンダーコントロールされている、と平然と嘘をついて東京開催が決る以前、劇作家の別役実の一三八本目の戯曲「不条理・四谷怪談」公演に際してのインタヴュー記事（'13年）で鶴屋南北の『四谷怪談』の背後に重なっている「忠臣蔵」について別役氏は南北が「当時の風潮に迎合していたのではないか」と解釈して、「今のように五輪に反対だと国賊みたいに言われるような風潮も当時からあったのだろう。だから南北も、赤穂浪士たちの悪口を書くことはできなかった」（傍点は引用者）と言っています。しかし、歌舞伎作者の南北としては、風潮にさからってまで悪口を書けなかったというより、まあ、「忠臣蔵」の人気も利用して興行性も配慮したという感じなのではないかと私は思いますが、それはそれとして、気になったのは当時（'13年）、「五輪に反対だと国賊みたいに言われるような風潮」が、今あるわけ？　と思ったので切り抜いておいたのでした。「国益」という言葉は、安倍政権下よく眼にする言葉になりましたが、「国賊」はどうだろうと思ったわけです。

しかし、そうした「風潮」がオリンピックによって醸し出される――もっぱら、そこから「国益」や職業的利益が大いに期待されるわけですから――のは、確かだな、と納得しつつ切り抜いたのが、原研哉氏のエッセイだったわけです。そこにはもちろん「国賊」という概念が語られているわけではありませんが、時代の「風潮」を眼に見えるものにするのがデザインだ、という「国」との関係の基本が語られています。オリンピック開催国の宣伝で最大の一翼を担うのがデザインだと原氏は主張します。なぜ、オリンピックにデザインが重要かと言えば、「一国の伝統文化の粋を尽くして、運営の全局面を担うことで醸成される誇りと独創性が、世界の人々の、開催国への興味と敬意を引き出す」からであり、一九六四年の「東京五輪のデザイン」が素晴しい前例であるのは、亀倉雄策デザインの「傑作マーク」たるあの「シンボルマーク」の「日本の心と五輪の叡知《えいち》をミニマルに融合させた高い求心力」を思いおこしてもわかるように、堂々たる商業デザインの幅広いコンテンツを含む日本マークを、かつてのライジング・サンの勢いをとり戻して世界に売り出すチャンスを、目に見える形で示すことが出来るのが、五輪のデザインだ、ということでしょう。

万人の共感と関心を呼ぶに値する提言だと思いますし、「五輪の叡知《えいち》」などと書かれると、日本人なら誰だって、劇画ではバガボンドとして甦りもした、永遠のヒーローであるらしい宮本武蔵を思い出して、身も引き締まる思いさえしそうです。

そういった「シンボル」的な「マーク」だからこそ、それを決める経過には透明性が求められるはずだ、というのが原氏の提言の要点です。それをわざわざ提言する必要があるらしいのです。

そのためには、「シンボルマークの設計をはじめとするあらゆるデザインや建築を意欲ある才能に開かれたコンペティションとし、そのプロセスを公開」し「審査経過や結果の解説を丁寧に行い」「高水準で繰り広げられる競合の経緯を外から眺められる仕組みを精密に構築する」ことが必要なのだと、原氏は書いています。

それもそのはずで、ほぼ一年後の二〇一五年、佐野研二郎氏デザインの「エンブレム」が、盗作と騒がれ、メディアの伝えるところでは、選考の密室性と談合体質が問題になりました。

さらに建築方面では、新国立競技場の大仰なうえに代々木公園という日本的空間にもそぐわないデザインに対する不快感と、高騰しつづける建設費問題から、一度決ったザハ・ハディド氏を取りやめて、改めて行われたコンペティションで、隈研吾氏のデザイン（木と緑を生かしたデザインのようです）を採用することが決定しました。テレビのワイドショーでは連日この「問題」について、専門家のゲストを招いて、ザハ・ハディド氏のデザインがいかに滑稽で巨大でグロテスクな金喰い虫であるかというキャンペーンを張り（昼御飯を食べながら、テレビのスイッチを入れると、嬉しそうに人々が騒いでザハ・デザインを貶めていたものです）、その結果、日本人の建築家のデザインが改めて採用された去年の十二月の時点では、誰も聖火台のことなど何も言わなかったのですが、今年の三月三日の報道で、新国立競技場のデザインに聖火台が含まれていなかったことが、あきらかになりました。どのような経緯が、新国立競技場建設の事業主体である日本スポーツ振興センターと大会組織委員会、五輪担当相や文科省、そして建築家との間にあったのかも、実はどうでもいいのです。ただ、なぜ、選考の席でも、また新デザインが発表された時も、そして今までの何ヶ月の間も、誰もそのことを言い出さなかったのかが不思議です。ザハ・ハディドの案には聖火台は含まれていたそうです。

三月七日の朝日の「聖火台問題――過ちを繰り返すな」というタイトルの社説は「選手を励まし、観客をやさしく照らす聖火は、どこで灯《とも》るのだろうか。」と、書きはじめられます。そもそもオリンピックの聖火というものは、一九二八年のアムステルダム大会以後、競技場で燃やされるようになったそうですし、中村光夫の言う「わけのわからぬ行事」の「聖火リレエ」は、よく知られているように『民族の祭典』で名高いベルリン大会（一九三六年）の時にはじめられたもので、別に古代ギリシャから行われていたわけではなく、二十世紀に入ってから作られたものです。

「観客をやさしく照らす聖火」などと、新聞の社説に書かれる、それを〈オリンピック・トーチ〉ではなく〈五輪〉の〈聖火〉と呼ぶというか書く習慣とあいまって、どこか宗教的な（ということは、疑いというものをあまり持たない）イメージが感じられます。ギリシャのオリンピアの競技場だか、それとも神殿の廃墟なのか、古代の巫女に扮した衣装と髪型の若い女たちが、聖火の点火だか採火だかを行って、聖火リレーがはじまるというシーンを、テレビで見た記憶があります。五〇年代のハリウッドで作られた特撮物の古代ギリシャが舞台の映画の巫女たちとも、パゾリーニのギリシャ悲劇のコロスの女とも、似てるような似てないような、しかも、それ以上に妙に安っぽい（何かまるで日本のテレビ局が現地で人をやとって撮った〈聖火〉誕生の再現ドラマとでもいった）印象のものでしたが、そうした〈聖火〉の採火演出に心から（あるいは、思わず？）感動してしまう者にしか、「観客をやさしく照らす聖火」といった文章は書けないというべきでしょう。

「五輪に反対だと国賊みたいに言われるような風潮」というのは、少しオーヴァーにしても、二〇二〇年東京オリンピックが決定する以前にはあった「反対論」がすっかり影をひそめたのは確かです。講談社文芸文庫の『東京オリンピック――文学者の見た世紀の祭典』（二〇一四年）の高橋源一郎氏による解説にも、もともと反対していたのに「やる」ことが「決まったからには、文句を言わない……これと同じようなフレーズを、この本の中で、何度読んだことだろう。ということは、今度決まった、二度目の東京オリンピックでも同じことが起こるのだろうか。なんだか楽しみ……なわけはないのだが。」と、ユーモア混りの口調で書いているくらいなのだから、誰でもが当然のように知っていることなのです。この文庫の執筆メンバーの数の多さについて高橋氏は「作家の総動員態勢といってもいい」と書き、つづけて、氏特有の親しみやすく知性もそれとなく匂わせるカマトト語法で「一つのイベントに関して、これだけ大量の作家が集った例は他にはない……かと思って考えたが、唯一の例外が「あの戦争」、すなわち「太平洋戦争」だろう。「戦争」とオリンピックを同一視するのかよと思われる読者もいるかもしれないが、ぼくは、この記録を読みながら、似てるよなあ、という思いを禁じ得なかった」と書いています。しかし、それ程の規模ではなかったかもしれませんが、「太平洋戦争」よりずっと近い過去である二〇一一年東日本大震災と福島第一原発の事故に際して、作家たちは様々に語ったのではなかったでしょうか。もちろん、作家や詩人、マンガ家や物を書く人たちはあの時、自分たちは語る言葉を持たず、失ったのだ、と言うのかもしれませんし、昭和天皇の発病から死にいたる時期の自粛の方が震災後のあの暗さに似ていた、などと言うのかもしれません。

当時、高校生だった私は、オリンピックに何の興味もないので、テレビも新聞も眼にしないで、まったく関係のない本や映画を見ていたので、それが大変なお祭り騒ぎ（後に、当時のテレビ報道やニュースをまとめた映像を見ると、それは「全国民」の「悲願」で、「日本中が沸いた」ようです）だったという実感がないのですが、現在は七十歳に二年足らない年齢の、いわば経験を積みもした老作家（というか、読者であることの経験でもあります）ですから、二〇一四年、新聞の論壇時評の書き手でもある熟年の高橋氏の文章のユーモアと、一九六四年、三年前に発表した『セヴンティーン』によって右翼から脅迫を受けていた若い小説家の大江健三郎氏がオリンピックの開会式のルポルタージュ（「サンデー毎日」'64年10月25日号）の中で発揮する、その頃の大江氏の持ち前のグロテスクであざといユニークなユーモアを、つい比較して読んでしまいますが、それだけではなく、一九一一年生れの中村光夫氏の、自衛隊員の動員についての冷静な批判的文章と大江氏の文章を比べてみたくもなるのです。クーベルタン男爵の録音の声が会場に流れ、会場の南入口からオリンピック旗を広げ持った「かれらは海上自衛隊員だし、そういえば選手団の先頭にプラカードをもって立っているすべての制服の青年たちは防衛大学生である。かれらが、いつまでも、このようなセレモニー用のおかざりの兵隊でいることができるように、平和を！」「舞いたつ二千九百九十九羽の鳩、赤いフィールドで餌をさがしている一羽の悠然たる鳩、空にえがかれるジェット機の五輪。ぼくは空をあおいで思う。あれらの自衛隊機の飛行士たちのためにも平和を、そしてわれわれすべてのためにも平和を！」

そして、開会式を見た石原慎太郎は、自分が以前書いた、日本人には稀薄な民族意識、祖国意識をとり戻すのにオリンピックが良い機会だというのは「誤りであったと自戒し」、オリンピックから人々が知るのは「真の感動、人間的感動」だと思うのでしたが、二週間後の閉会式の時には、女子バレー、レスリングの「勝利が教えたもの」について「即ち、身心をかけて努め、闘うということの尊さ」だと書き、その時「我々は、今日の文明の非人間的な便利さにまぎれて、それを忘れていはしないだろうか」と、考えをさらに深めます。その尊さを「知ることこそが、この巨費を投じて我々が催した祭典の、唯一の、そしてかけがえない収穫でなくて何であろうか。」

この四十人の文学者たちがオリンピックについて半世紀以前に書いた本の解説を書いている高橋氏

は、それを「筆のオリンピック」と称して、メダルを授与するという楽しい試みを行います。「芸術・歴史・我が道を含め、東京オリンピックに関する文章に関して、総合力で他を圧していたのは小田実だった。」と書いています。解説者としては、「それがどのようなものであるかは、読者のみなさんが読んで判断していただきたい」わけですが、もともと、こういった五十年前に書かれた、文学者の見た世紀の祭典としての東京オリンピックを読もうとする読者は、年寄りに決っています。書き手の中で現在も存命なのは、石原、大江、杉本苑子、瀬戸内寂聴（当時は晴美）、曽野綾子、平岩弓枝の六人ですし、著者について略歴というか紹介を読まずとも（この文庫には、そういったものが付されていないということから推しはかっても）、おおよそのことは知っている世代が想定されているのでしょう。

しかし、それはともかく、この文庫を読んで、ほとんどの読者（一〇〇パーセントと言っても、ほぼ間違いありません）が考え込むのは、誰にメダルをやるとかやらないとかではなく、二〇〇六年以来、東京オリンピックを誘致しつづけ、実現させたのが（すくなくとも、実現のために、はりきっていたのは）東京都知事でもあった石原慎太郎——高橋氏は触れていませんが——だった、ということではないでしょうか。

ところで、高橋氏の言う「筆のオリンピック」には、一九六一年、「週刊朝日」に特派され、イスラエルでアイヒマン裁判を傍聴して記事を書いた開高健氏が参加しておりません（アイヒマン裁判を傍聴した保守派評論家の村松剛は、参加）が、開高氏は六四年の暮れ、やはり「朝日新聞」に特派されヴェトナムの戦場におもむき、ヴェトコンに包囲され九死に一生を得ます。『東京オリンピック――文学者の見た世紀の祭典』には、なにしろ第二次世界大戦が終って十九年という時代背景もあって、文学者たちの文章の中にはたびたび、「戦争」の喩えが登場しますが、それはつい二年前に終ったアルジエリア戦争でも、当時激化していたヴェトナム戦争でもなく、むろん、太平洋戦争です。

ところで、文庫版の解説「作家たちのオリンピック」を高橋氏は、この本を読みおえた読者の誰もが「この次の東京オリンピックでは、誰がどんな文章を書くことになるのだろうか」という感想だろうと記します。時代が時代ですから、六四年の時のように「文学者」の数は多くはないでしょう。

ところで、「目白雑録」の最終回となった「言説は繰り返す」の中で、私は、「戦争画」について現代の美術家が、わが事のように反応して、ちゃんと徴用されるかどうかという不安をもらすことを書いたのですが、それはそれとして『戦争画とニッポン』（二〇一五年、講談社）の中で、美術評論家の椹木野衣は、藤田嗣治の「ニューギニア戦線」について、「南島の闇の中で繰り広げられたであろう熾烈きわまりない枯渇戦を、**藤田は想念だけで描き**、ひとりひとりの兵士をかくも殺戮の鬼たらしめた。**ひもじければ人肉をも喰らったという阿鼻叫喚《あびきょうかん》の果て**を、どうかじっくり鑑賞してほしい。」（品の悪いゴチック体は原文のまま。傍点は引用者）と、なんか、思わず力が入ってしまい、文語体ぽくなってしまって、書いています。塚本晋也の『野火』の映画評を椹木が書いているかのようで失笑してしまいます。一読、吹き出してしまう文章なのですが、同じ絵について、画家の会田誠は「一連のいわゆる「玉砕図」は、**まるでカメラに付けるアンバー系のフィルターのように**、全体が焦げ茶色に染められていますよね。あれにも藤田の（無意識レベルかもしれないけれど）強い意志が込められてる気がします」（ゴチック体は原文のまま。傍点は引用者）と発言していて、無意識レベルの強い意志というのはどういうものなのか、ここでも思わず吹き出してしまうのでした。去年（二〇一五年）の九月から十二月まで東京国立近代美術館で開催されていた「藤田嗣治、全所蔵作品展示。」を、姉と、本書を担当してくださった長年のつきあいのある平凡社の日下部さんと、見に行きました。

三人ともフジタの戦争画の原画を見るのは初めてで、とにもかくにも、原画を見てなければ、はっきり否定も出来ないからね、というのがその目的だったのですが、ここでは「映画芸術」の「二〇一五年映画ベストテン&ワーストテン」に執筆している浦崎浩實氏の文章を引用したいと思います。ワーストテンの一位に選んでいる『FOUJITA』（小栗康平監督　全体ではワースト9、ベスト107。「キネマ旬報」のベスト・テンでは十四位）について、浦崎氏は、「戦時中の戦争画で戦後、バッシングされたのは不当、とする藤田側の主張を、本作は踏まえているようだが」、実際に近代美術館に見に行って「その戦争画の空しさに胸をつかれた。」と、書いています。「会場の解説プレートは、藤田戦争画がいかに西洋古典絵画にモチーフや構図を借りているか、底上げに涙ぐましいが、これがもし秀作だったら、戦後のバッシングは無かったろうと思う。こんなレベルの絵で、戦時中は特権的立場にあった、と思えば憎しみもいや増すというもの」と、書いています。私たちも、藤田の、あらゆる意味で薄っぺらな茶色っぽい戦争画を見て、寒々とした気持になったのでしたが、「オリンピック」にかつて徴用された文学者たちの文章を集めた本の解説の最後を、「もしかして、ぼくにお鉢が回って来ないとも限らない」と考える高橋氏は、「とりあえず、そのような時が来たら、もう一度、これを読み返し、後になって「バカだ……」といわれないようなものを書きたいと思う。みなさんも、ぜひ、その際は、誰がどんなものを書くか期待（?）していただきたいです」と、慎ましい自負を示して結びます。

しかし、何も高橋氏のことを言っているわけではなく、求めに応じて東京オリンピックについて書いた文章（東日本大震災と違って、そう多くの、書かせたい書きたいという関係がメディア上で成立するかどうか、今のところはわかりませんが）は、と言うより、ほとんどの文章は、「後になって」「バカだ……」と言われる以前に、「バカだ……」などという単純すぎる言葉によってではなく、即座に批判されるべきでしょう。批評とは、すくなくとも時評とはそういうものではないでしょうか。

あとがき

年をとると、忘れっぽくなるのが困りものです。原稿を書く時、それがエッセイであれ小説であれ、何に時間が一番かかるかと言えば、参照したり引用したりするため、たしかあれに出ていたはずだという「本」をそう広くない本棚から探すのに時間がかかり、必要なページを見つけ出すのに、またさらに時間がかかって半日が過ぎてしまいます。もっとも、そうした事の中に、良い事もあって、それは、目的の本を探している途中に、別の本と、あらためて新鮮な驚きとともに出あってしまう、という喜びが派生するという楽しみです。

『目白雑録』というタイトルで「一冊の本」という雑誌に長いこと連載していたエッセイを平凡社の日下部行洋さんとの仕事で上梓することになったのは、言ってみれば、そういった「本」を作る時間の手間の中からの発見を、編集者ともども楽しむためだったかもしれません。

本書のために書き下ろした部分では、戦争画関係とオリンピックのデザイン方面の関連として、戦前の日本で一流のデザイナーとカメラマンたちがモダニズムの粋をつくした、と言われる海外向け日本宣伝のための国策グラフィック雑誌『フロント』のことにも触れたかったのですが、年のせいで忘れずにいることができたら、また他日を期す、ということでしょう。そして、書き残しがあってこそ、書き手はまた書きはじめることが出来るのです。

二〇一六年三月二十二日

著者

本書は、『一冊の本』（朝日新聞出版／二〇一三年十月号～二〇一五年九月号）に
連載された「目白雑録⑥ もっと、小さいこと」に加筆修正を加えたものです。

金井美恵子
（かないみえこ）
1947年、高崎市生まれ。小説家。
1967年、19歳の時、「愛の生活」で太宰治賞次席となり作家デビュー。
翌年、現代詩手帖賞受賞。
その後、小説、エッセイ、評論など、刺激的で旺盛な執筆活動を続ける。
小説に『プラトン的恋愛』（泉鏡花文学賞）『タマや』（女流文学賞）
『兎』『岸辺のない海』『文章教室』『恋愛太平記』『噂の娘』
『ピース・オブ・ケーキとトゥワイス・トールド・テールズ』『お勝手太平記』ほか。
エッセイ集に『目白雑録』１〜５、
『金井美恵子エッセイ・コレクション［1964-2013］』（全４巻）ほか多数。

新《しん》・目白《めじろ》雑録《ざつろく》
もっと、小さいこと

2016年４月15日　初版第１刷発行

著者
金井美恵子

発行者
西田裕一

発行所
株式会社平凡社
〒101-0051　東京都千代田区神田神保町3-29
電話　03-3230-6584（編集）
03-3230-6573（営業）
振替　00180-0-29639

印刷・製本
中央精版印刷株式会社

ＤＴＰ
平凡社制作

ISBN978-4-582-83725-4 C0095
NDC分類番号914.6　四六判（18.8cm）　総ページ264

平凡社ホームページ　http://www.heibonsha.co.jp/